JN137709

心の金メダル

夢を持てば光が見える

田中玲子

田中玲子
クロマチックハーモニカを演奏

ラジオ大阪　２０１７ラジオ・チャリティ・ミュージックソンで演奏
「千林商店街から生中継」2017 年 12 月 25 日

オープニング（開会式）

フェスティバル・ガイド

私の心を変えてくれた ワールド・ハーモニカ・フェスティバル2017 —ドイツ　トロッシンゲン—

(2017年11月1日～5日)

皆さんの拍手の中、very good を受賞

フェスティバル 2017 で very good 賞を受賞

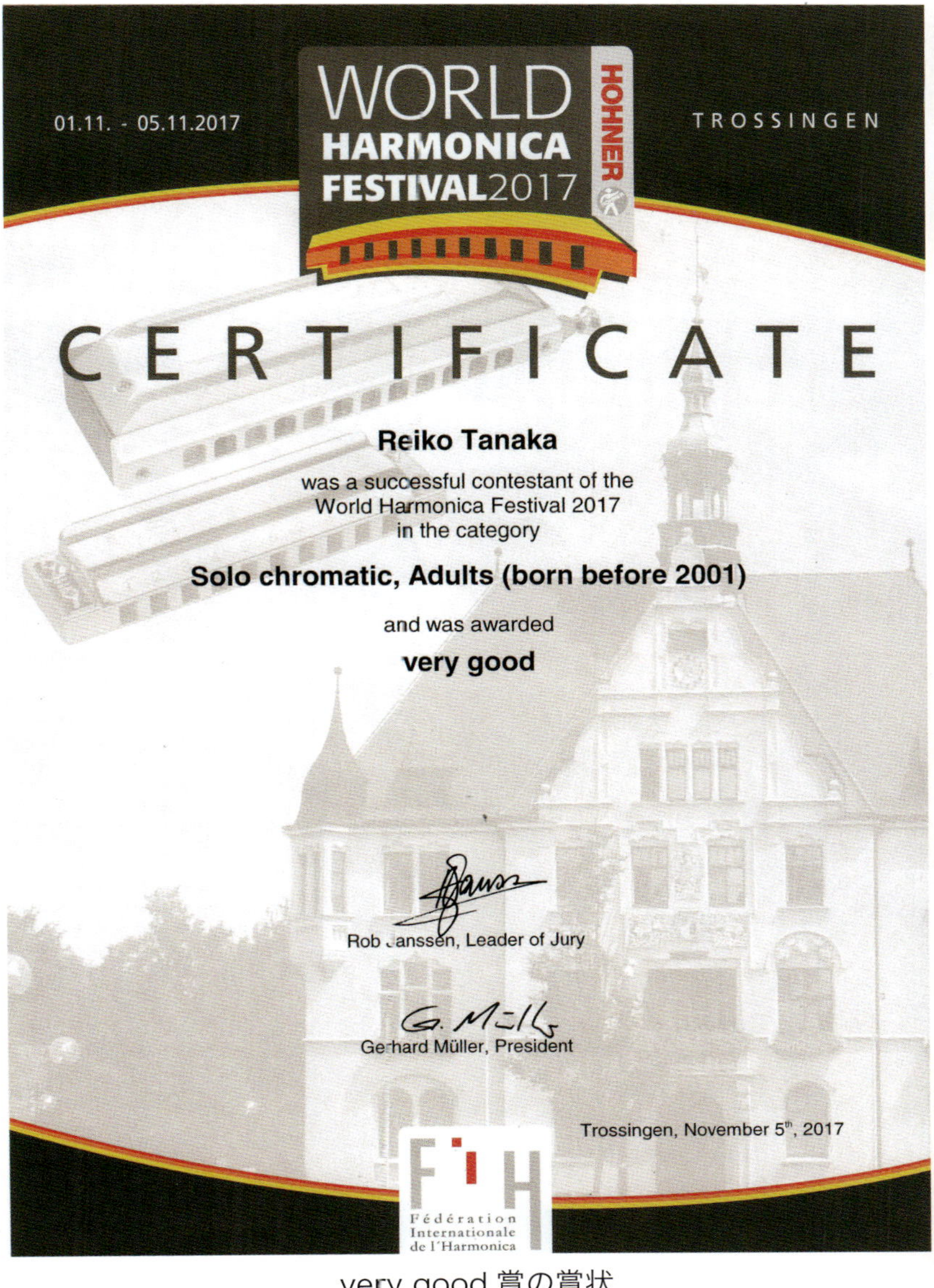
01.11. - 05.11.2017

WORLD HARMONICA FESTIVAL 2017

HOHNER

TROSSINGEN

CERTIFICATE

Reiko Tanaka

was a successful contestant of the
World Harmonica Festival 2017
in the category

Solo chromatic, Adults (born before 2001)

and was awarded

very good

Rob Janssen, Leader of Jury

Gerhard Müller, President

Trossingen, November 5th, 2017

FIH
Fédération Internationale de l'Harmonica

very good 賞の賞状

篠山《さやま》マラソンで有森裕子さんの胸に

↑
篠山マラソンで有森裕子さんに伴走もしていただき、パラリンピックの種目に盲人女子マラソンを加えて欲しいとアピール。走り終わって有森さんの胸にとび込んで泣きました。（2001 年３月４日）

←
京都シティー
ハーフマラソン
完走
2135 が私
1998 年（平成 10 年）
３月

↑ 1位田中玲子
(四年前の第一回目に続いて優勝)

第２回世界盲人マラソンかすみがうら大会
優勝　タイム３時間 17 分 50 秒（1996 年４月 21 日）
伴走者　前田静男殿

こんな活動もしています。

第 62 回河内長野
シティマラソン大会

ハーモニカ演奏で応援
2017 年 2 月 19 日

左：アシスタントの斉藤雪乃さん　右：司会の原田年晴アナウンサー

ラジオ大阪 ２０１７ラジオ・チャリティ・ミュージックソンに出演

千林商店街「千林くらしエール館」から生中継(2017年12月25日

演奏が終わって　記念撮影

チャリティを呼びかけたポスタ

泳やマラソンで得た金メダル
ほんの一部（自宅）

主人（写真：中央）→
大阪マラソン
４時間３３分　完走

田中玲子
カーネギーホールでハーモニカの
コンサートを開きたい。
夢に向って頑張っています。

まえがき

私は目が見えません。

3歳のときにひきつけを起こし、見えなくなりました。

原因は、栄養失調だったと聞いています。

盲学校に入学するまでのことは覚えていないのです。ただ毎日繰り返される地獄のような虐待の日々は、体にも心の奥にもはっきりと残っています。

もし目さえ見えていれば、こんな辛い体験をしなくて済むのではないか、と考えるようになった私は、健常者に負けない生き方をしたいと思うようになりました。負けず嫌いの根性はそれで身についたと思います。体も弱かった私は、とにかく「なにくそ精神」で頑張ってきたのです。

盲学校で鍼を学び鍼灸師の国家資格をとり、開業もしました。

体が弱い私でしたが水泳に挑戦し、いろんな大会で数多くの金メダルをとりました。

結婚もしました（主人も盲人です）。

マラソンにも挑戦し、第1回世界盲人マラソン大会では、フルマラソン、タイム3時間32分12秒で優勝し、その4年後の第2回では3時間17分50秒で連続優勝できました。自分でもよく頑張ったと思います。ただ輝かしい成果を挙げるほど、「目が見えていれば」との思いがトラウマのように現われ、親を憎む心がどうしても生れていたのです。

マラソンは不整脈のため医師より止められ、音楽の世界に入りました。

練習を初めてすぐに、4年に1度ハーモニカの世界大会がドイツであることを知り、悔しさとリベンジの熱い思いが出てきて絶対に行くと決めました。というのは、以前、ドイツで開催された障がい者世界陸上競技会で３０００メートルの選手として選ばれながら行けなかったからです。

それで今度は、ハーモニカで必ずドイツに行くと決め練習に励みました。ところが私のドイツ行きを拒むアクシデントや難問が次々と押し寄せ、最後は演奏時間短縮という出場を諦めざるをえない問題まで出てきたのです。

でも諦めずに、申し込み期限ギリギリのところで兄に相談したところ、それは受け入れるべきではないかという助言をもらったのです。そして多くの人の友情に支えられハーモニカの世界大会に感謝の心で参加できたのです。

これが私にとって幸運でした。人生を大転換させるきっかけとなったからです。

実はフェスティバルでは優勝を目指していたのですが、優勝ではなくてベリー・グッド賞でした。しかし、不思議に悔しさはなく、「目が見えていれば」という思いも出てきませんでした。むしろ、えも言われぬ心の安らぎを感じたのです。生まれて初めての体験でした。

いままでの金メダルでは、親への恨みが心の奥にあり心底から喜べなかったのですが、今回は違ったのです。何とも言えない幸せ感のある嬉しさを感じたのです。いったいこれは何だろうと不思議な感覚でした。

そして思わず、「私は、心の金メダルを得たんだ」と思いました。

小さいときから私を助けてくれ、ドイツ行きでも力になってくれた兄に、心で「お兄ちゃん、ありがとう」と思わずさけびました。もちろん多くの皆様の支援があってのことです。

人生で無駄な体験など、なに一つないと言われますが、そんなことは人ごとで、今までの私はとてもそんな気持ちにはなれませんでした。しかしドイツに行ってわかったのです。

目が見えないことを含めて私の苦しく辛かった体験は、その一つ一つが、幸せ感のある喜びを知るための大事な、大事な、また必要な一歩、一歩の道のりだったのです。

「あー、生きて来てよかった。頑張って来てよかった」

本当に、そう思えたのです。私を支え応援してくれた皆様のお陰です。

どんなに今が辛くても、「心に夢を」です。夢を諦めなければ光は見えてくるのです。

私は心が変わったことで、今までお世話になった方々への恩返しと、仕事と音楽の両立という夢が生まれました。仕事では鍼とマッサージで人の健康に寄与し、ハーモニカでは心に伝わる音色を世界中に届けたいのです。

「心の金メダル」を持って……。

そしていつか、カーネギーホールでコンサートを開きたいと夢見ています。

２０１８（平成30）年３月吉日

田中玲子

心の金メダル　夢を持てば光が見える

目次

第4章　恋をし失恋もし鍼灸師として独立

第5章　虚弱体質だった私の水泳挑戦物語&結婚

第6章 第1回世界盲人マラソン大会初優勝物語

第7章 第2回世界盲人マラソン大会優勝までの物語

第8章 その後のマラソン人生と主人との絆

第9章　挑戦することを諦めない私の人生！

第1章　2017ハーモニカ世界大会出場物語

4年に1度のハーモニカ世界大会のステージに立つ

4年に1度のハーモニカ世界大会とは、2017年11月1日〜5日、ドイツ、トロッシンゲン、ホーナー社（世界的な楽器メーカー）にて開催された、ワールド・ハーモニカ・フェスティバル2017のことです。

水泳、マラソンと頑張って、音楽の世界に入った私は、ウクレレ、複音ハーモニカ、ギターとやってきました。そしてクロマチックハーモニカ(ピアノと同じ半音が出せる)を習い始めたのですが、その直後に、「私、出場する」と決めたのが、このハーモニカ世界大会だったのです。

11月1日、ドイツに着き、私が出演したのは11月3日でした。

部門はクロマチック。

曲名はサラサーテ作曲の技術的に非常に難しいチゴイネルワイゼンです。

「レイコ　タナカ」

と紹介があり、私は白い杖を持ってガイド役のヘルパーさんに案内されてステージの真ん中に立ちました。

ようやく辿りついた4年に1度のハーモニカ世界大会、ついにそのステージに立つことができたのです。

ただ有り難く、嬉しさでいっぱいでした。演奏も一つの間違いもなくできました。演奏後の拍手も、心に響きました。

何と私は幸せなんだろう。

そんな気持ちでいっぱいになりました。

このステージに立つまでに、本当に様々な壁と試練があったからです。

11月5日、審査結果の発表、表彰状の授与がありました。

私は「ベリー・グッド賞」でした。練習を始めたときには優勝を目指すと言っていましたが、受賞のときにはそれに対するこだわりがなく、まして悔しさはありませんでし

「ベスト・グッド賞」を手にして
（右隣はヘルパーの田中百代さん）

た。むしろ何か幸せ感があったのです。

今までの私なら、「目が見えていたら、もっといい成績がとれたのに」、と思ったはずです。しかし今回は、それが全くありませんでした。

私がかつて経験したことのない、心の穏やかさを体感したのです。

ここにくるまでいろんな困難、障害、試練があっただけに、その感慨は言葉に出ない嬉しさがありました。

なぜ私が、そう思えたのか。そこに至る道のりを紹介します。

2015年3月よりクロマチックハーモニカを始める

私が音楽の世界に入ったのは、マラソンで体を壊し医師より運動はダメと中止命令が下されたからです。

それまでは、マラソンを頑張っていました。

パラリンピックに盲人女子マラソンを種目に加えてもらいたいと、オリンピックの2大会連続メダリスト、有森裕子さんと一緒に活動もしました。

その途中で体を壊し、マラソンを断念せざるをえなかったのです。そして音楽の世界に入り、ウクレレ、ギター、複音ハーモニカなどを習い、やがてギターが中心になっていきました。

歌うのも好きでカラオケにも行っていました。クロマチックハーモニカと私が深く関わるようになったのは、カラオケがきっかけです。

２０１５年2月14日（土）神戸カラオケグランプリに出場しました。

私は演歌を歌ったのですが、演歌はどうも私に合わない感じだったのです。そのとき不思議と、複音ハーモニカを演奏したときのエコーの音の良さを思い出し、またハーモニカをやってみたい思いになったのです。

それまで複音ハーモニカを4年やっていたのですが、クラシックギターに出合ってからは止めて、すでに2年が経っていました。

たまたま兄がクロマチックハーモニカを持っていたということもあり――本当は吹き難いのでクロマチックハーモニカは嫌いでしたが――クロマチックハーモニカを習うことにしました。

思い立ったらすぐに行動に移すのが私の癖です。早速ギターの先生に相談してみると、

「クロマチックを教えてくれる先生を知っているよ」と、T先生を紹介していただきました。そして3月27日より本格的なレッスンが始まりました。

習い始めてすぐに、4年に1回ドイツで行われるハーモニカコンテスト（世界大会）があることを知り、どうしても行きたくなりました。

実は以前に、主人の弟さんと一緒に障がい者世界陸上競技大会に選ばれ、ドイツに行くことになったのです。ところが、3000メートルを走るために、伴走者も必要だし、お金もかかるし、行く必要があるのかと会から反対されて行けなかったのです。その後、弟さんが病気で亡くなったこともあり、こみ上げる思いが頭をよぎりなおドイツに行きたいと強く思っていたのです。

それで2017年11月、ドイツで開催されるハーモニカ世界大会に出場するのが、私の夢になりました。出場したいというのではなく、出場すると決めたのです。

最初は当然ですが、満足に音が鳴りませんでした。でも、すぐに立体複合リブラート（T先生の技術）の音を出すことができるようになりました。

——才能があるのかな？

「最初から出来る人はいない。才能がある」との先生の言葉に乗せられ、自分で一生懸命基礎を練習していると、３か月半で発表会に出ることができました。

世界大会に出るため曲をチゴイネルワイゼンと決めた

ちょうどこの年（２０１５年）のお盆は、父の50回忌が予定されていたので、私は父

父の50回忌で演奏した
不思議なギターの楽譜

にハーモニカの曲を捧げたいと企画を立てました。

その曲とは〝不思議なギター〟というタイトルで、私が詩を書き、T先生に作曲をしてもらったものです。不思議なギターとは、手先の器用だった父の作であろうと思われる彫刻が、それにしつらえてあるのです。

それを見せてもらったときにどうしても欲しくなり、兄に買ってもらったギターなのです。

一生懸命に練習して、無事に演奏することができました。

ハーモニカの練習を一生懸命にやるようになった一方で、ギターの練習がおろそかになっていきました。そんなときにギターのF先生が東京に行かなければならなくなったのです。悲しい別れでしたが、ハーモニカに専念できるようになりました。

そんな私をみてT先生は、「ええやん、クロマチックを一生懸命やったら上手くなるよ」と言って下さいました。

それで頑張って練習をして、世界ハーモニカ連盟日本支部主催のF・I・Hコンテストに応募したのですが、残念ながら出場できませんでした。

それは選曲が悪かったからなのです。私の曲はレベルが低いと判断されたのです。コンテストに出るためには高いレベルの曲でなければならないというのが分かりました。

それですぐに心を切り替えて、どうしても世界大会に出たいので、今度は演奏が非常に難しいというチゴイネルワイゼンという曲を選びました。

T先生は、この曲は非常に難しいので無理だと言われました。先生自身も吹くのが難しいというのです。

高いレベルの曲を選ぶのは、世界大会に出ていくために私が越えなければならない一つの試練でもありました。

何度先生に無理と言われても、私は吹きたいとお願いしました。どうしても世界大会に出たかったからです。

私に根負けしてしまったのでしょう、T先生は模範演奏のCDを作ってくださいました。それからは、何度も何度もそのCDを聞いて練習しました。

少し吹けるようになってきたところで、さらに上の模範演奏のCDが欲しいと先生にお願いしました。

有り難いことに先生は、10時間かけて模範演奏のCDを作ってくださいました。とても嬉しかったです。そこから私の更なる奮闘が始まりました。

主人の治療に時間を奪われストレスに

世界大会に出るため曲を決め、先生から模範演奏のCDを作ってもらい順調に進み始めたハーモニカの練習が、思わぬ事故で私の体までおかしくなってしまうという試練がやってきました。

2016年5月3日、主人の足首に鍼治療をした際、鍼治療の治療である置き鍼をしたのですが、夜中、主人がトイレに行くときに自分で金鍼を無理やり抜いたために鍼の先が折れてしまったのです。

それから2~3日して私がハーモニカのレッスンから帰ってくると、主人が庭に出て「しんどい、しんどい」と言って、いても立ってもいられない様子でした。

診察してみると、折れて中に入ったままの鍼の影響で、筋肉がドンドンとゆるみ、それが全身に広がり心臓の筋肉までゆるめてしまっていたのです。それで「しんどい」と言って、苦しんでいたわけです。

病院でレントゲンを撮ってもらうと、中に鍼が入っているのが分かりました。しかし鍼が細いので、手術して取ることは出来ないということでした。

鍼治療の場合、こういうときにはむかい鍼をして中に入った鍼を皮膚の表面まで浮き上がらすのですが、鍼が表面に出てくるまでは、本人はしんどく、足も重たく、歩くことが困難になっています。

私としては1日でも早く回復して欲しいので、主人と向き合い励ますとともに、新しい細胞を作る良質なタンパク質を主とする食事療法をセットにして治療にあたりました。

100日間、かかさずやり続けました。

9月に入ると主人の状態も回復にむかってきました。

それまでの間、私は、毎日、毎日、主人の治療にあたっていたのですが、治療に時間がとられることと、「しんどい、しんどい」という主人の言葉に精神的な疲れがでてきてハーモニカの練習が思うようにできなくなっていたのです。そのあせりからストレスがたまってしまいました。

それでも8月の終わり頃には、先生の模範演奏を何とか技術的にこなせ覚えきりました。

しかしついに、肺活量の関係で息がしんどくなって、チゴイネルワイゼンを1回吹くともう倒れそうになり、10月31日午前4時頃、発作と思われるような不整脈が起きてしまったのです。

不整脈でハーモニカを吹くのも禁止された

不整脈が起きると、いつも自分で鍼治療をして止めていたのですが、今回は自分で治療をしても不整脈は止まらず、病院に行きました。生まれて初めて、24時間小さな機械を体につけて検査することになりました。

その間は食事も思うように進みませんでした。

次の日、病院に行ってその機械を返して、結果を見てもらうと、やっぱり2％の不整脈が出ていました。それでドクターは、私に、

「ハーモニカを吹くのはダメ、自分で鍼をするな」

と断言したのです。

「えっ、なんでハーモニカを吹くのもダメなの」

と思っていたら、先生は、

「このまま無理をしていると心臓の部屋をあけてゴソゴソと電極を焼くが、たまにはつかないことがある。あげくのはてはペースメーカーを入れる。しかしそれで全てが済むとは限らない」

と言われたのです。

電極を焼くなどの意味はよくわからないですが、命に関わることなので、大変なショックを受けました。

世界大会を目指しているのに、ハーモニカも吹くな、自分でも治療もするなと言われたのです。主人を元気にできたのに、なんで私は自分に対してできないのと、気持ちが落ち込んでしまいました。

結局、2～3か月間、安静状態になっていました。

それでも２０１７年（平成29年）の元旦は、元気に迎えることができました。落ち込んでいてもしょうがないと、気持ちを入れ替えたのです。

絶対に不整脈を起こさないように、体調管理をすることにしたのです。前向きに考えることで、チゴイネルワイゼンを1回か2回は吹いても不整脈は起こらなくなっていきました。

2月には、コンサートで1時間演奏をしたのですが、無事にやり切ることができました。これならドイツに行けると思い、少しずつ体を動かし、4月ぐらいにはランニングマシンで走られるまでになっていました。

ドイツまであと半年、夢が現実になることを励みに練習に没頭できました。申込書がいつくるのか、考えるだけで胸がふくらみました。

食事にも気を使い、毎朝、体力、身体能力を高めるために大嫌いな肝と納豆を食べるようにつとめ、河島英五のCDの曲を聞いて、40分ランニングマシンで走れるようになったのです。

ハーモニカの掃除を覚える

世界大会に出場するには、どうしても越えておかなければならない問題がありました。それは、クロマチックハーモニカの掃除です。

クロマチックには音を変えるためのレバーが付いています。そのレバーが唾液によって動かなくなってしまうのです。

そのために掃除ができないと、演奏する場合は、何本もハーモニカを持っていかなければなりません。実際、先生の所に習いに行っている時は、5、6本持っていましたが全部ダメになるのです。カチカチになって動かなくなるのです。

ですから、掃除ができないと練習もできなくなるので、不安になるのです。チゴイネルワイゼンは音階調整のためにレバーをよく使います。それが使えなくなると、練習ができなくなるということです。

それで先生に「私、掃除を自分でするから教えて下さい」とお願いしました。

私の性格上、人ができるのに、自分ができないのは嫌なのです。だから何でも一生懸命にやります。

先生に教えてもらって、ネジを外し、マウスピースを外し、レバーを外す練習を何回もしました。しかし、どうしても、ネジをはめる所がずれてしまうのです。

できなければ、また先生に教えてもらって練習を繰り返しました。スライドレバーをはめ、ピンホールみたいに小さい穴にネジを入れるのが難しいのです。

「なんでできないんだ」と言われても、見えてやっているわけではないので、悔しい思いをしました。でも、頑張ってできるようになりました。できないときは、ネジを入れる場所が間違っていたのです。今はできるようになっています。

「見えてる人でも、よーやらない」と、先生に認めてもらいました。

私は鍼灸師なので、その点、他の人よりも感覚が鋭いかもしれません。掃除ができることが、練習への大きな推進力になり、世界大会に心配なく行けると思いました。

付き添いの人がいなければ参加できない

演奏の猛練習、ハーモニカの掃除、一つ一つ問題を乗り越えながら、どうにか世界大会に行ける状況が整ってきました。

そして7月、ドイツで開催のハーモニカ世界大会コンテストの案内が手元に届いたのです。私は嬉しさがこみ上げました。

ところが、そこに出演の条件があって、目が見えない人は、付き添いの人がいなければ出演はできないとなっていたのです。

目が見えない私は、もし付き添いの人が見つからなければ、ドイツには行けないとなったわけです。

私にとって、また乗り越えなければならない試練がやってきたのです。

実は、今回のドイツ行きは、人様にご迷惑をかけたくなかったし、余分のお金があるわけでもないので、ドイツへ1人で行って、1人でこそっと帰って来たかったのです。

ドイツには行きたい。

それにはヘルパーさんが必要。

ヘルパーをお願いするにはお金がいる。

さあ、どうする。

ドイツに行くためには、どうしてもヘルパーさんを決めなくてはならないことになり、私は頭を抱えてしまいました。

それがなんと、本当に有り難いことに、「もし誰もいなかったら私が行きましょう」という人が出てきたのです。

そしてさらに、私のことを知って旅費も自分で出して行ってあげようという人が現れたのです。75歳の田中百代（介護福祉士）さんです。

そのお陰様で、コンテストの申し込みが可能になりました。

感謝しても感謝しきれません。

出演拒否を感じさせた演奏時間の短縮

やれやれ、これでドイツ行きも準備万端と思ったのですが、またまた大きな試練がやってきたのです。

演奏するチゴイネルワイゼンは、1部、2部、3部の3部構成でできており、3部については、まだ満足に吹けず、どのように練習したらいいのか悩んでいるところでした。

T先生の指導を受けながら、8月の終わりにはピアノを弾いてもらって、やっとゆっくりだと吹けるようになっていたのです。

エントリーも無事に終わり、ホッとして練習をしている途中の9月29日、T先生のレッスンに行くと、先生が真赤な顔をして

「世界大会での演奏時間は8分以内となっていたが、6分に変更になった」と言われたのです。

出場者が多くて、演奏時間を短くしたということですが、もうそのように決定したという一方的な連絡だったのです。

私はショックでした。

聞いた瞬間、私は6分では演奏できない。

出場を辞退するしかない。

と思って手紙を書きました。そしてドイツの事務局に届けてもらうように、日本の仲介者にお願いしたのです。

T先生は、8分の演奏を6分でできるように編曲をしてくれると言われました。

しかし私は、目が見えないために6分に編曲した楽譜をもらっても、見て練習ができないので2週間ぐらいで吹けるようになるのは不可能です。

演奏時間の短縮は、私にとって「演奏するな」ということと同じなので、ドイツに行く意味がなくなったということです。ですから、演奏時間問題が解決しなければ絶対に行くことはないと思っていました。

しかも、出場辞退の手紙を出しているのに、ドイツからなかなか返事がこないのです。最終締め切りの前日である10月11日になっても、何の連絡もありませんでした。

何で返事がこないのだろう。

私の手紙を見ていないのだろうか。

ドイツには行かないと心で決めているのに、まだはっきりと決めきれない自分がいたのです。

1部、2部でやれということじゃないか

あれほど強く願っていたドイツ行きが、演奏時間の短縮で行けなくなってしまう。しかし心では行きたい思いを捨てきれない。

迷ったり困ったりしたときには、いつも兄に相談してきていたので、ドイツ行きについて兄の考えを聞きたいと思いました。実は、私がドイツに行きたいと言ったら、その費用を兄が支援してくれることになっていたのです。

本当に、兄は私が小さいときから助けてくれました。80歳になった今でも身を粉して

働いて、私が音楽できるように仕送りをしてくれているのです。

それは、目が見えない私に少しでも元気で活躍して欲しいという願いがあるからだと思うのです。ドイツ行きを応援してくれるのも、その願いがあったはずです。その兄の気持ちを無にしたくないと私は思いました。

締め切り期限ギリギリの10月11日、兄に電話をかけてみました。

「兄ちゃん、ドイツ行きのことだけど、私にドイツ行って欲しいの」

「一旦決めたことはな、やらなきゃな」

……

私が黙っていると、

「3部をやったら演奏がめちゃくちゃになるから、1部、2部でやれということじゃないか。そうすれば5分強で終わるよ。そう思わないか」

もう私は、何も言えませんでした。

本当にストレートに、兄の言葉が心の中に入ってきたのです。

「兄は行って欲しいんだ」とわかりました。

何より、兄の言葉を理窟抜きで、素直に受け入れた自分がいたことに、嬉しさを感じたのです。

それで「行く」と言いました。

それで関係する皆さんに「1部、2部でやりますので、行きます」と言ったら、ビックリしていました。なにせ突然の演奏条件変更に対して、慰謝料までもらうと言っていた私が、行くと言ったんですから無理もありません。

私は何事も徹底してやりますから、訴えていたら先方も大変だったと思います。

「そうですか、田中さん、ありがとうございます」とみんな喜んでいました。

兄がすぐにお金を入れてくれました。

親孝行ではないですが、その時はまだ兄孝行や支援してくれている人達のために行くと思っていました。

しかしこのことが、私の人生を大きく変えてくれることになったのです。

幾つもの試練を乗り越え念願のドイツへ旅立った

演奏時間が8分から6分になり、自分の気持ちも1部、2部だけだと思うと気持ちが楽になりました。練習は毎日21回やり、それを1週間続けることで、やれるという自信まで持てるようになりました。

いよいよドイツに行ける、と楽しみにしていたのに、今度は台風22号がやってきたのです。飛行機が飛ばなかったらどうなるのか、もう祈るしかありませんでした。

いよいよドイツ行きの日がやってきました。

10月30日の朝、家から出て途中で白杖を持って出るのを忘れていたのに気づき家まで取りにいくことにしました。白杖は、コンテストに出るときに使うので絶対に必要だったのです。

それで、ヘルパーさんを——早く、電車に間に合わないからと——ひっぱって家に戻って杖を取ってきました。

駅に戻ってホームに立ったときには、ラピートに乗る1~2分しかなく、ようやく間に合って乗ることができました。

関空に着いたら、私達が乗る前のフライトが欠航になっていました。それで無事に出発できるのかと心配しましたが、予定通り8時10分に離陸できました。

あとは何事もなく東京の羽田まで行き、そこで12時45分のミュンヘン行きに乗り換えて12時間のフライトでドイツに着きました。

私は生まれて初めての長い海外旅行でしたが、めちゃめちゃ元気で、大会の登録などいろいろな手続きを順調に済ませることができました。

ドイツに着いてからも、ぎりぎりまで練習して、11月1日には余裕時間が10時間あったので21回練習しました。

3日の朝も早く起きて4時半頃に5回練習したら、隣に外人の方が泊まっていたのでしょう。電話がなったので出たら、何を言っているのかわかりません。

「アイドントノー」と言ったら、今度はドアをドンドンと叩かれました。

出てみたら誰もいません。怖いなと思いましたが、私のハーモニカがうるさかったのだと思います。

ＪＴＢさんの人に話をしたら、「それはうるさかったでしょう」と言っていました。朝ですから、当然だったと思います。

チゴイネルワイゼンやり切りました

いよいよ11月３日、コンテストの日を迎えました。

出演者の名簿を見たら、ソロでクロマチックに出演する人は66名おりました。視覚障がい者は私１人です。

私はあえて白杖を持ってステージにあがりました。それは自分の気持ちに素直になろうと思ったからです。

目が見えない私は、悔しい思いや嫌なことを沢山味わってきました。それで私は健常者と同じように生きたいと、料理でもキッチンの整理も庭の草取りでも何でもできるようになりました。

だから私を視覚障がい者としてではなく、健常者としてみて欲しいという気持ちが強かったのです。その気持ちが今回のドイツではなかったのです。

そんな新たな気持ちでステージに立った私は、チゴイネルワイゼンを悔いのない演奏で終えることができました。

不思議だったのです。自己満足かもしれませんが、本当に間違いなしで吹けたんです。やり切れたんです。

その後も何回か吹いていますが、間違う時があります。でもこの本番では本当に間違いなしにできたんです。

11月5日の授賞式では、「ベリー・グッド賞」をいただきました。海外の人から大拍手をもらうことができ、ドイツに来て本当に良かったと思いました。

そして日本に帰国する朝、私の身体と心に大きな変化がありました。不整脈が出てハーモニカの練習もできなかったことは前に触れましたが、実はマラソンができなくなったのも不整脈が理由でした。

それが完全に治ってドイツに行けたわけではありません。チゴイネルワイゼンは結構体力を使い、練習を繰り返すと不整脈が出てしまうことがあったのです。

46	Risa Minami	Japan	Partita in A Minor BWV1013 "Allemande", "Bouree Anglaise"
47	Reiko Tanaka	Japan	Zigeunerweisen
48	IU Nga-sze	Hong Kong SAR, China	Fantasy Etude

パンフレットに記載されたReiko Tanakaの名前

ですから、もしものことを考えて、ドイツにも不整脈の薬を持って行っていたのです。大会が終わり、私の気持ちは本当に穏やかになっていたのです。心が明るくなっていたのです。

私は、ホテルを出るときに「もう不整脈は起こらない」と気持ちを強くし、その薬をゴミ箱に捨てたのです。

この嬉しさ、わかってもらえるでしょうか。

本書の後半で私の生い立ちなどを書きましたので、それを読んでいただければ私の気持ちを理解していただけると思います。

兄孝行と思ってドイツ行きを決めたわけですが、実は私自身の心が大きく変わるためのドイツ行きだったのです。

ドイツで人生初めて心安らぐ幸せを実感できた

思い起こせば、世界大会のステージに立つまでに、いろんなことがありました。

・演奏が難しいチゴイネルワイゼンを曲に選んだ。

・主人の看病に時間がとられハーモニカの練習ができなくなった。
・看病疲れで、今度は私が不整脈でハーモニカの練習を中止させられた。
・ハーモニカの掃除を覚えなければならなかった。
・ヘルパーさんがいなければ参加ができなかった。
・演奏時間が短縮された。
・そして現実の問題として費用をどう工面するかがあった。

これらの問題を乗り越えることができたのでドイツに行けたわけですが、今までの私なら問題が起きると「何でや!!」とすぐに反発したり、時には「納得できない」と文句を言ったりしていました。

その一方で私は、それらを頑張りの力にしてきたのも事実なのですが、それではどうしても心がすっきりしないものを抱えていたのです。

それは、私の生い立ちにあったと思っています。

なんで私は今回、兄の言葉を素直に受け入れることができたのだろうか。

演奏時間の短縮を、いままでの私なら絶対に受け入れなかったと思います。

そんな私が、ギリギリになってなんで兄に相談したのだろうか。

そして、なんでコンテストが終わってから、私は心が穏やかになり、晴れ晴れした気持ちになれたのだろうか。

ふりかえってみれば、ドイツの事務局と演奏条件の件で闘って表面的には元気に見えたかもしれませんが、心のなかは不安いっぱいのドイツ行きの決断でした。

もしドイツ行きを決断しなければ、私自身の不満はつのり、多くの支援者の期待を裏切り、恨みや憎しみが生れていたかもしれません。

それが今回、困難な問題を素直に受け入れたことで、恨みや憎しみが全く出てこなかったのです。

ドイツに行って、心安らぐ幸せを、私は人生で初めて実感できたのです。

心の金メダル

人生初の心安らぐ幸せの実感を、なぜ体験できたのか、それがわかりました。

それは、とても自分では受け入れられないという難問を、素直に受け入れることの大事さと凄さを知ったからです。

ドイツ行きは、たくさんの人の支援と協力を得て実現しています。

特に、兄の支援がなければ実現していません。

自分の費用でペルパーさんを申し出てくれた75歳の田中百代さん。

もし田中百代さんがダメだったら、自分が行くと言ってパスポートを準備してくれた水谷元也さん。

ハーモニカの先生、友達、日頃お世話をいただいているヘルパーさん、本当にいろんな人が私を応援し支えてくれていたのです。

もし私が、ドイツ行きを断念していたら、この皆さんの行為を無にしてしまうことになっていたのです。

素直に問題を受け入れたことで、皆さんの行為に心から感謝できたのです。

この一歩が、いままでどうしても乗り越えられなかった親への恨みや憎しみを私の心から追い払い、私の人生を前に進めてくれたのです。

私は、目が見えません。

ですから、「目が見えていれば」との思いが、私の心の奥底で、ずっと、ずっと、消えることなくあったのです。

それが親への恨みにもなっていたわけです。

目が見えない現実を受け入れる難しさ。皆さんにわかっていただけるでしょうか。栄養失調で目が見えなくなったのです。

私は、どうしてもそこから前に進むことができませんでした。

しかし、ドイツ行きがこの大問題を解決してくれる大きなきっかけになったのです。困難な問題を受け入れるということは、自分の人生を前に進ませてくれることだったのです。

これに気づくまで本当に時間もかかり、苦難もたくさんありました。

もう親への恨みはありません。

どんなに沢山の金メダルを獲得しても、心からの安らぎを得ることができなかった私は、ようやくに心の安らぎを得たのです。

ドイツに行ってから、私の心は晴れ晴れとしています。心が安らぎ穏やかな気持ちで満ちています。受け入れるというのは、人生を前に進めることだったのです。

この晴れ晴れとした心は、何物にも代えがたい私の宝物です。

これは、私が今まで手にしたことのない「心の金メダル」なのです。

皆さんには見えないかもしれませんが、私には光輝いて見えます。

「良かった、玲子、本当に良かった」

亡くなっている父も母も、喜んでくれていると思います。


日本に賞状を持って帰ってきて、皆さんから「おめでとう、おめでとう」と祝福してもらいました。心底嬉しく有り難いと思いました。こんな幸せはありません。

こうして振り返ってみると、ワールド・ハーモニカ・フェスティバル２０１７は、私が生まれ変わる「物語」が準備されていたのだと思います。

第2章　ドイツ　その後の私

「心の金メダル」全ての体験には意味があった

ドイツで行われたハーモニカの世界大会に出場してから、幸せを感じる日が続き、ぜひこれをまとめて本にしたい気持ちが強くなりました。

それで2017年11月15日、何かとお世話になっている水谷元也さんと一緒に東京に行き、高木書房の斎藤社長にお会いして来ました。

私の辛い体験や水泳やマラソンで頑張ってきたこと、そして無事にハーモニカの世界大会に参加してきたことをお話ししました。

斎藤さんはとても喜んでくれて、私に聞いてきたのです。

「田中さんは沢山の金メダルをとっていますが、本当のところその時の気持ちはどうだったんですか」

私は正直な気持ちをお話ししました。

「金メダルをとると、皆さんは、おめでとう、おめでとうと言って祝福してくれるのですが、いつも心にあったのは、『目が見えていれば、もっといい成績があげられる』ということでした。ですから、おめでとうと褒められても、心からの喜びを感じることはできませんでした。

自然それは、親への恨みになっていましたね」

「田中さんの話を聞くと、一つ逆境が過ぎ去ると、また次がやってくる。その繰り返しのような印象を受けますが、今回のドイツ行きでも、いろんな逆境、試練がありましたね。今回、ドイツへ行ってみてどうだったですか」

「目が見えていればとか、親への恨みなどは一切出てきませんでした。だからだと思いますが、安らいだ気持ちになりました」

「良かったですね。それって凄いことじゃないですか。嬉しかったでしょうね」

「そうです。こんなに心が晴れたのは今までにないことですから、心に金メダルをもらった気持ちになりました」

「心の金メダルですか。いいですね。最高ですね」

「どんなに頑張っても、いつも心のどこかにひっかかるものがあったのですが、今回はそれがなかったのです。親への恨みもなく、感謝の気持ちが湧いてきました」

「それも凄いことですね。その気持ち、お父さん、お母さんに、きっと届いているでしようね」

「両親だけではなく、私は、本当に沢山の人に支えられ、助けられながらやってこられたというのが、ドイツに行って実感できたのです。何でも自分が自分がと思って頑張ってきたのですが、多くの人の支えがあって頑張ることができたんですね。もちろんそれは頭ではわかっていたことですが、心でわかるということとは大きな違いがあるんですね」

「ドイツに行ったことが、何でそんなに大きな心の変化につながったと思いますか」

「目が見えないということで、私は辛い体験を数多くしてきました。それが生きる力にはなってきましたが、何か辛いことがあると、『なんで、また』と、その出来事を受け入れず、反発心を起こすことが多かったのです。

演奏時間の短縮を知ったときにも、まさに反発でした。

しかし、兄の『演奏時間の短縮は、意味があることではないか』という助言を素直に受け入れることで、いままで当たり前のようにあった反発がなかったのです」

「お兄さんの助言を受け入れたことが、大きな意味があったということですね」

「そうなんです。私に必要な意味があったんです」

「困難は、人を成長するために与えられると言われますが、田中さんは今回のドイツ行きでそれを実感できたんですね」

「そうです。辛いと思っていたことは、この幸せ感ある喜びを感じるため私に必要だったんですね。もう感謝でいっぱいです。特に小さいときから助けてもらい、今回のドイツ行きでも力になってくれた兄には感謝で、『お兄ちゃん、ありがとう』と心でさけびました」

「いい話ですね。人が変わるって素晴らしいですね。話を聞いて感動しました」

「ドイツへ行って来て、私、本当に生まれ変わりました。人生、諦めたらダメですね。ここまで頑張ってきて、本当に良かったと思います。これからは、この感謝の気持ちを忘れずにやっていきます。

斎藤さん、本づくり宜しくお願いします」

東京で、斎藤さんと話をすることで、私自身の心の状態を確認することができました。

「本当にドイツ行きは私を変えてくれました」

笑顔の多い人になると決めた

ドイツに行って、生まれ変わったことで、私に気付いたことがあります。

それは、笑顔が少なかったということです。いままでの辛い体験を知っていただければ、笑顔が少ないことを理解していただけると思いますが、生まれ変わったからには、普段の私が変わらなければならないと思いました。

笑顔がある人とない人では、人に与える印象が大きく違います。私自身、明るい雰囲気を自然に醸《かも》し出せる笑顔の人でありたいと思います。すぐには変わらないかもしれません。でも「決めたことはやる」というのが私の信念ですので、ここに笑顔の多い人になると宣言します。

どんな恰好いい約束をしても、実際の行動が伴わなければ人に信頼されません。日々

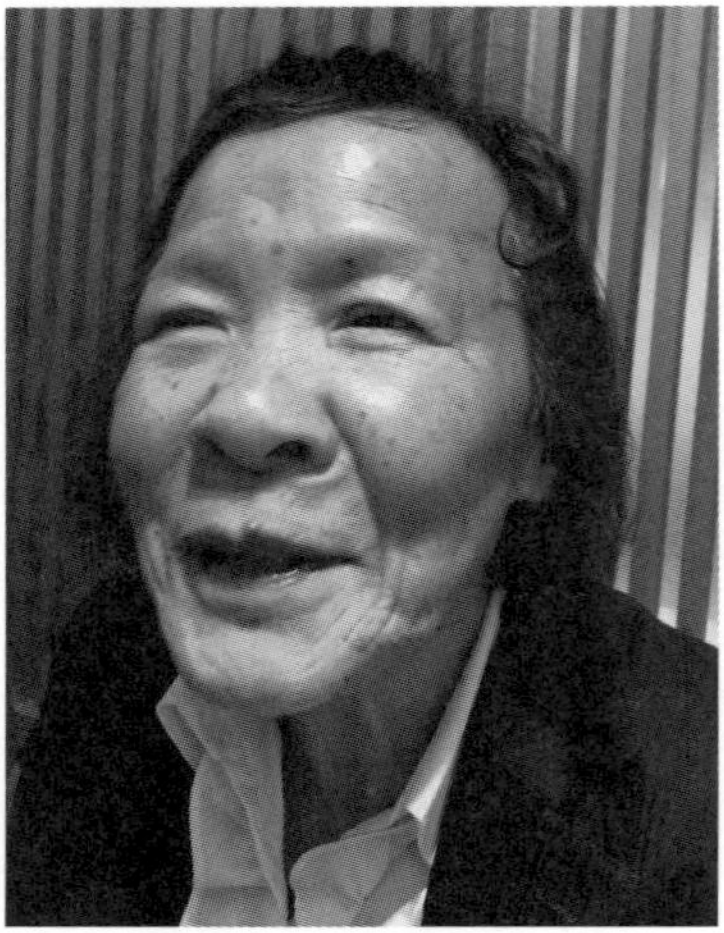
笑顔で語る著者

の生活の中で、笑顔を意識して生きていきます。

幸い私は、仕事で笑顔をいただけることが多くあります。

ハーモニカでも笑顔がもらえます。

仕事と音楽の上達に磨きをかけて、笑顔の輪を広げていきます。

主人が元気になってマラソンを完走

ドイツで行われたハーモニカの世界大会に出場してから、いいことが沢山やってきています。

私がハーモニカの練習に集中しなければならないときに、2016年5月3日、夜中に主人がトイレに行く際、足首に置鍼していた金鍼を主人が無理やり抜いたために鍼の先が折れて、主人が動けなくなった話は第1章で紹介しました。

私は主人の治療困難な看病に時間を取られ、ハーモニカの練習ができなくなって、精神的な不安から離婚したい気持ちになったことがあります。それを兄に話をしたら、兄は心配して飛んで来てくれました。

そして主人の治療の足しとして、「これで新しい金鍼を買い」と言ってお金をくれたのです。

ことある毎に力になってもらっている兄は、もう80歳になっています。そんな兄にこれ以上、無理は言えないと思いました。

その後、主人（盲人）は元気になり、「しんどい、しんどい」と言って歩くこともで

「主人が元気で完走してくれました」
（主人：写真中央）

きなかったことが嘘のように、２０１７年11月26日、大阪マラソンに出場し、４時間33分で完走して元気で戻ってきました。そこまで主人も元気になってくれました。これもまたドイツに行ってから体験した、嬉しいことの一つです。

奈良県立美術館ミュージアムで演奏

特別展「ニッポンの写実 そっくりの魔力」関連企画

奈良県立美術館ミュージアムコンサートスケジュール

奈良県立美術館では、今年から様々なジャンルの演奏者を公募し、展覧会期間にコンサートを行っています。今回は、１４団体（個人）のコンサートを予定しています。コンサートの入場は無料、コンサートの前後に特別展をご観覧される方は観覧券をお求めください。

日時		演奏団体	演奏内容	ジャンル
11月25日	14：00～	杉浦倫代	メゾソプラノアカペラ独唱	クラシック、ポップス
11月26日	14：00～	わたぼうしコンサート	ドラム、ベース、ギター、キーボード、ボーカル等	ポップス
12月2日	14：00～	Mejuah	ピアノ弾き語り	クロスオーバー
12月9日	14：00～	渡里拓也	電子ピアノ独奏	クラシック、ポップス
12月10日	13：00～	氷置　晋	電子ピアノと歌	ポップス
12月17日	14：00～	津軽三味線やまびこ	津軽三味線	民謡他
12月20日	15：00～	下村淑子	ハープと歌で綴るX'mas物語	クラシック他
12月23日	13：00～	田中玲子	クロマティックハーモニカ	ジャズ風クラシック
12月24日	14：00～	Hapion	金管五重奏（トランペット、ホルン、トロンボーン、チューバ）	クラシック、ジャズ、ポップス
1月6日	11：00～	マンドリンアンサンブル・カンタービレ	マンドリン、ギター	マンドリン、ギターアンサンブル
1月7日	11：00～	にしくんandなってぃ	アコーデイオン、リコーダー	クラシック、イージーリスニング、ポップス他
1月8日	14：00～	伍々　慧	アコースティックギター	イージーリスニング
1月13日	13：00～	le Collage	サクソフォン八重奏	クラシック等
1月14日	14：00～	こうちゃん＆ウッキー	ギターの弾き語りユニット	ポップス

奈良県立美術館ミュージアムでの主演リスト
（平成 29 年 12 月 23 日）

２０１７年12月に入り、ハーモニカ演奏の出演が３日連続でありました。12月23日（土）は、奈良県立美術館ミュージアムで演奏させていただきました。

ここでは３年契約で出場が決まっています。

こうした名のある場所で演奏ができるというのは、私にとって本当にありがたいことです。演奏というのは、ただ出て終わりではなく、次の演奏に向けての始まりでもあるからなのです。

だからこそ練習し、少しでも聞いて頂ける皆様の心に響く音色にしなければなりません。演奏の舞台は、演奏を披露する場であると同時に、演奏に磨きをかける場でもあるのです。

お約束した3年間、しっかりと練習を重ね、世界の人々にハーモニカの美しい音色を届けたいと思っています。

守口宿 ミュージックプロムナード クリスマスコンサート

12月24日（日）は、守口宿 ミュージックプロムナード クリスマスコンサートに出演させていただきました。

演奏した曲名は、チゴイネルワイゼンです。

口宿 ミュージックプロムナード クリスマスコンサートのパンフレット

こちらは、1日かけてのコンサートなので、出演者は24名（組）おりました
演奏者として出演し、また聴衆者の1人として皆さんの音楽も聞かせていただくことができ、充実した1日になりました。

2017ラジオ・チャリティ・ミュージックソン

ラジオ大阪の超人気番組に「ほんまもん！　原田年晴です」があります。私も良く聞いています。

ラジオ大阪では、2017年12月24日～25日、～目の不自由な方へ音の出る信号機を！～をテーマに、第42回、2017ラジオ・チャリティ・ミュージックソンを開催、12月25日の「ほんまもん！　原田年晴です」でそのイベントを生放送するということでした。

テーマが～目の不自由な方へ音の出る信号機を！～ということもあったと思いますが、私に出演依頼があったのです。ラジオ大阪に出向いて、打ち合わせを行い、出演が決まりました。

「ほんまもん！　原田年晴です」はお昼の12時から始まります。

25日の当日、司会役の原田年晴さんとタレントの斉藤雪乃さんが12時前にステージに登場、会場の皆さんに実況中継である旨の説明があり、12時ちょうどに大きな拍手をもって放送が始まりました。

~目の不自由な方へ音の出る信号機を!~の趣旨やその寄付の方法について説明がなされ、ゲストとして私が紹介されました。

舞台衣装に着替えた私は、クロマチックハーモニカを持って登場、最初に、私の経歴が紹介されると、「おー」というような声があがり、水泳やマラソンで金メダルをとっていることに皆さんは驚いた様子でした。

その後、原田年晴さんから、「どうしてハーモニカを始めたのですか」「クロマチックってどういう楽器なんですか」などの質問があり、緊張しながらも答えました。

2017ラジオ・チャリティ・ミュージックソン
「千林商店街から生中継」生放送の会場風景

そしてドイツで演奏したチゴイネルワイゼンを演奏し、大きな拍手をいただきました。やはり嬉しかったです。

最後、「今回は～目の不自由な方へ音の出る信号機を！～がテーマになっていますが、田中さんは何か感想はありますか」と原田年晴さんに聞かれました。

原田年晴さんからのインタビュー
（平成 29 年 12 月 25 日）

「街中では騒音が大きくて、盲人用の音楽が聞こえない場合があります。それがちょっと気になるところです。田舎のほうでは、ちゃんと聞こえます。いずれにしても音の出る信号機は助かります。宜しくお願い致したいと思います」と私の思いをそのまま話しました。

チャリティ・ミュージックソンの出演は、私にとって大変よい経験になるとともに、私の歩みの記録として残せたと喜んでいます。

本当に皆さんのお陰と感謝しています。

バンドを組みたい

ハーモニカの演奏を楽しむようになって、生バンドを組みたい夢が出てきました。ラジオ大阪に「話の目薬ミュージックソン」があります。アナウンサーの原田年晴さんが、目の不自由な方にインタビューしたり、情報を伝えたりしています。その番組から、私にお声がかかりました。

２０１７年3月7日に出演が決まり、当日は原田さんのインタビューにお応えしながら、ハーモニカを演奏させていただきました。

「話の目薬ミュージックソン」に出演させて頂いたご縁で、杉本繁さんとのお付き合いが始まりました。

杉本さんは、子供のときから視力が弱く、21歳で目が見えなくなったそうです。

杉本繁さんと神吉正夫さんは、ギターデュオ「絶対ポンカン」の名前でコンサートを開催されておられます。

その活動を知って私も、バンドを組みたくなりました。その旨の話を杉本さんにしたら、ぜひやりましょうと言っていただきました。

ぜひ実現させたいと思っています。

これがまた、私の嬉しい夢の一つになっています。

そして杉本さんから、大切なアドバイスをいただきました。

「音楽は、あくまで音やで。音を極めていくことやで。人と競争するもんとは違うで」

と言われたのです。

私はこの言葉を素直に聞き入れることができ、心が晴れました。

それで今は、競争ではなく、「世界中の人々に、ハーモニカの音色を届けたい」というのが私の新たな目標になりました。

治療家として新たな役割が

自慢話になるかもしれませんが、私の鍼治療、マッサージは効果抜群です。多くの人に感謝されていました。

あるとき、「鍼が体に残って具合が悪くなった。その鍼を持っているので、あなたをいつでも訴えられる」という苦情がありました。
「では、その鍼を見せてください」と言っても、見せてくれません。鍼をさわれば私のものかどうかはすぐにわかります。それを見せてくれないのは、いいがかりを付けているとしか考えられません。

そう考えたら、治療することが怖くなって、主人や兄には施術を続けていますが、鍼灸家としての活動は止めてしまいました。

そのため、経済的には厳しくなりました。事実、ドイツの世界大会に参加するのも、準備の段階から兄に援助してもらっておりました。

しかし兄の年齢を考えると、これ以上迷惑はかけられないと、幾つかの職場で話を聞いたりしていました。

ドイツの世界大会が終わってから、ある会社から、「ぜひ一度来てもらえませんか」と連絡があったのです。

そのときは、まだ正式に仕事に就くとは思っていなかったので、その旨をお話しすると、「ダメにしても一度来社してください」と言われ、出向きました。

すると、「田中さんの治療の姿を若い人に見せてほしいのです。田中さんの仕事をするその姿勢を若い人に学んでほしいのです。仕事をするに当たって、そこが大事だと考えているからです」と言われたのです。

そう言われてしまうと、断りづらくなりました。でも、まだ断るつもりでしたが、「1週間に、1日でいいのです」と言われたのです。

治療に当たって私は、親身になって患者さんと向き合ってきましたので、先方の願っていることがよくわかりました。

それで、1週間に1日だけの約束でお世話になることを決めました。

2018年1月から通い始め、細かいことは抜きにして、私自身が喜んでいるのです。とくに患者さんからお礼の言葉をいただくと嬉しくなり、もっと頑張ろうという気持ちが湧いてきます。

ハーモニカによる音楽療法もやってみたいと思っています。

仕事をやってみて、私って本当に「仕事が好きなんだ」と思います。

兄に、いつまでも甘えているわけにはいきません。好きな仕事ができることに感謝です。

楽しいハーモニカのコンサートを開きたい

私が、いろんな困難を乗り越えてこられたのは、本当に沢山の人達のご支援やご協力があったからです。よく、「どうしてそこまで頑張ることができるのですか」と聞かれますが、多くの人の励ましがあったからなのです。

やはり辛い家庭環境が私の「ハングリー精神」を育てたと思います。それで早く自立しなければと頑張るのですが、心はいつも迷路に入って悩んでいました。

そんな私に光を与えてくれたのが競技スポーツです。孤独と恐怖、絶望のなかにあった私を救ってくれたのです。

チャレンジすれば、盲人でも健常者と対等に競技に出場できる。

不自由な身であっても、工夫と努力で克服できる。

明確な目標を持てばチャレンジできる。やらないことで思い悩むより、結果を恐れずまずチャレンジする。それが栄光の道だとわかったのです。

しかしその道は平坦ではありませんでした。例えばマラソンで、自分では全力で頑張っているつもりでも、どうしてもリタイアの誘惑にかられることがあります。心も体も限界を感じるときがあるのです。そんなときに勇気と励ましの力を得たのは、支援者や街頭の応援者からでした。そういう人達がいたからこそ私は頑張ることができたのです。走ることは私の人生の一部でした。限界に挑戦した若き日の大切な思い出です。

体を壊し音楽の道に入った私は、「ドイツ以後」を私の人生の転換点として新たにスタートしました。

本文では私の新たな夢を書きましたが、これからは今までお世話になった人達への感謝の気持ちを忘れることなく、恩返しを含めて楽しいハーモニカのコンサートを開いていきたいと思います。そのときには、私の歩んできた拙い経験も話します。

私のできることで、何かに役立ちたい。そんな思いになっております。

ショートメールの送受信ができる嬉しさ

パソコンをやっていたのですが、費用負担が大変でやらなくなってからもう3年ぐらい経ちます。盲目の人が、メールでやり取りをしていて、私もやってみようと思いました。

電話会社に行って操作を教えてもらい、ショートメールをはじめました。

「目が見えなくて、どうしてできるの」と聞かれます。

ボタンを触ると音声で案内してくれるのです。文字入力も音声で確認できます。ですからボタンの位置を覚えれば送受信ができるのです。最初は、ひらがなだけでしたが、いまは漢字も打てるようになりました。

伝えたいことを、すぐに伝えられるので本当に嬉しいです。

今は、メールも打てるようになりました。

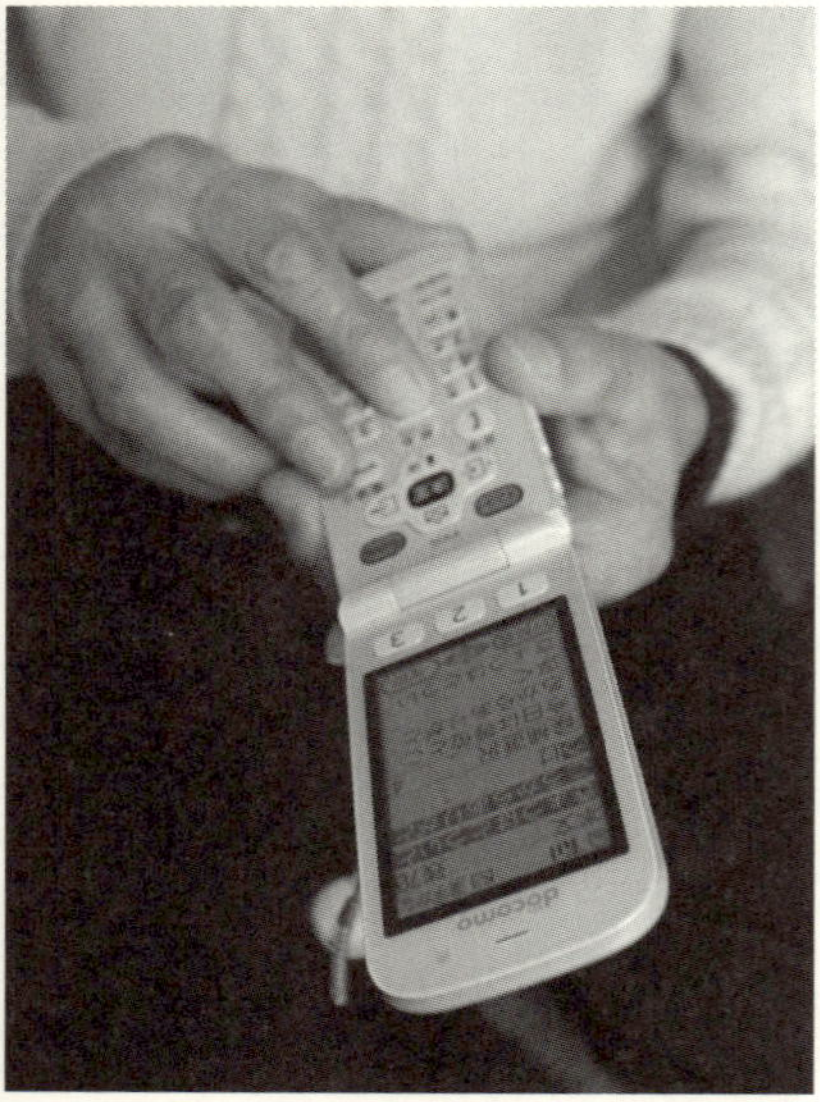

「ショートメールはこうして
打っています」

第3章　目が見えなくなった幼少時代

愛し合って結婚した両親なのに……

実は私、幼少期のことは何も覚えていないのです。ただ継母と過ごした12年間は虐待の日々だったと体が覚えています。それほど辛かったのだと思っています。

たまたま１９８９年（平成元年）、私が障害者水泳で神戸フェスピック大会（アジアの大会）に選ばれたときに、実母と半年間一緒に住んだことがあり、そのときに聞いた話です。

母と父は、とっても愛し合って恋愛で結婚したことがわかりました。

父は鉄工所で仕事をしており、その前を通って母は仕事に行っていました。そのうち目が合い話をするようになり、やがて恋愛に発展しデートを重ね結婚したいと思うようになりました。

ところが父は、自分の親がどこに住んでいたかもわからず、父もどこから歩いてきて九州に辿り着いたのかもわからず、戸籍もはっきりしていないという。

母はどうしても一緒になりたくて、自分の家の戸籍に父を養子として籍を入れ、結婚したそうです。

初めての子供は、私が今も一番お世話になっている兄です。兄の誕生により2人は益々仲良くなり、楽しい幸せな毎日を過ごしていました。

昭和16年12月、戦争が始まり、やがて父も戦争に行ってしまいました。

幸いにして父は、手先が器用で素晴らしい技術を持っていたようで、戦場に行かされることはなく技術職として終戦を迎え帰って来ることができました。

ところが戦場から帰ってみると、きっと帰りを待っていてくれると信じていた妻が家にいない。

このときは、私はまだ生まれていません。兄を抱えて母は、兄が熱を出しても家に置いて、郵便局に勤めて生活を支えていたそうです。

そのうち無理がたたったようで、肺浸潤となって死に至るかもしれないと診断されて、母の兄さんの計らいで四国の鳴門へ行って療養していました。

妻の居場所を知った父は、四国に母を迎えに行きました。そのとき母は、父から「嫁は死んでも夫を待っているものだ」と言われたそうです。

その後、母と父は、なんとなくギクシャクするようになり、心が離れていったようです。

戦争が無ければ、そうはならずに済んだかもしれません。そう思うと恨むのは戦争です。

両親は離婚、食事を与えられずに失明

父の鉄工所の仕事は順調だったようです。母は小学校しか出ていなくて、事務の仕事が苦手だったので父は、事務員として2人の子供を持つ戦争未亡人を雇いました。その人は、母に言わせると口八丁手八丁だったそうで、父と一緒に仕事をするなかで仲良くなって一心同体のようになっていったそうです。

父は、注文書を取りにサイドカーに乗って全国を飛び回っていました。会社にいるときには仕事が終わると、その女の人のところに帰っていったりしていたそうです。

そのことに腹が立った母は、ある日、門をバシッと閉めてしまったそうです。すると、翌日の朝から、父はその女の人と一緒に出勤してきたり、夕方には一緒に帰るようになり、さらにその女の人は自分の子供には父を「お父さん」と言わせていたそうです。

私がおぎゃあと生れてきたときには、母と父は、もうどうしようもない離婚状態になっていたそうで、父はその女の人の前では、私を抱いていても放り投げたといいます。

母はその生活に耐えられなくなり、母の兄さんに相談し、私の兄2人と乳飲み子の私と母で、父と別居生活に入りました。

毎月の生活費は、その女の人が持ってきて、「このお金は私とお父さんと一緒に働いたものですよ」と渡されたそうです。

母はそれに、本当に心を痛めたと言っていました。

父は、もう1軒別に家を構えるまで待っていて欲しいと言ってくれていたそうです。父は父なりの考えがあったようです。

とにかく父はよく働き、従業員100人を雇っていたとも聞きました。

父はいつも徹夜をしていて、朝決まって病院で痛み止めのヒロポンという注射をしてもらってから会社に行き、胃薬をいつも飲んでいたそうです。

そんなして頑張っていた父の工場が火事を起こしてしまい、それがきっかけで私達子供3人は実母と別れることになりました。

女の人は、母に、「私とお父さんが一緒に働いたお金なので、あなたに渡すお金はない。早く子供3人置いて出ていきなさい」と言って、24枚の手紙を突きつけ、私達3人を引き渡すように求めてきたというのです。毎月のお金も持って来なくなり、母は子供3人を連れて食べてはいけなくなりました。

心引き裂かれる思いで、母は私たち子供3人を父に渡して、離婚したそうです。

私はまだ乳飲み子だったので、そのときのことは何も覚えていません。それ以降は継母に育てられ、食べる物も与えられず3歳の時に眼が見えなくなるという真黒な世界に落ちていきました。

虐待が私の生きる根性を強くした

目が見えなくなったことを知った近所の人が、盲学校を紹介してくださいました。学校の寄宿舎生活は楽しく、遊んだり勉強したり、食事も決まって食べられて、おやつもらえ、運動場を駆け回り、本当に幸せを感じる天国でした。

寄宿舎にいるときは継母からの虐待もないので、毎日感じていた恐怖感もありませんでした。

ただ私は、父が会社を経営していたためか、就学奨励金がもらえず、舎費やおやつ代が払えませんでした。そのため洋服もボロボロだし、布団も他の子供はフワフワなのに私は煎餅蒲団でした。

土日に家に帰った生徒は、お菓子を持って寄宿舎に戻ってきます。私はそれがないので、先生からもらっていました。しかしそれは、「舎費が赤字なので先生が貸してくれている」と言われ、子供なりに、どうしようもなくただ辛く心を痛めるばかりでした。

そんな中、上の兄（ドイツ行を支援してくれた兄）が、作業着姿で自分が働いたお金を持って寄宿舎に来て舎費を払ってくれていたのです。

そんなことは知らずに、人のお金をそっと取ったことがあります。またお菓子をそっと取ったときもあります。

目が見えないので、「今は誰もいないわ」と思って取ったのですが、傍に先生がいて見つかってしまったのです。

先生にすごく怒られて、辛いと同時に人を羨ましく思っていました。

そうしたこともありましたが、寄宿舎では、私の心は平和なのです。しかし家に帰ったときには地獄です。継母の虐待が一層強くなっていったのです。それが6年間続きました。

「あなたほど、こ憎たらしい人はいなかったが、学校に行くようになり、増々憎たらしくなり、どうしようもないわ」と言われていたのです。

用事をしている私の手を捻ったり、足を踏んだり、箒の柄で頭を殴ったり、米びつをひっくり返して私に拾わせたり、ご飯のおひつをひっくり返したり、池にはまった私を風呂場に連れて行き、寒い中、水を浴びせたり、冬の最中、たらい一杯に洗濯物を入れて洗わせたり、炊事場では、もちろん冷たい水で洗い物をし、手は年中しもやけでいっぱいでした。頭は今でもアザだらけです。

あるとき、兄が作ってくれたイヤフォンだけで聞けるラジオを聞いていたら、継母が抜き足差し足でやって来て、見つかってしまいました。耳を引っ張るは、手を捻じるはで大変ひどい目に遭わされました。

そういうなかでも私は、何事もやり遂げていきました。誰からも助けてもらえないわけですから、何があっても生きなければと、虐待を受け続けたことで「なにくそ」という根性がだんだんと強くなっていったように思います。

その意味ではありがたいことなのですが、子供の頃にはそんなことを思いつくはずもありません。

わしの目、玲子にあげたら見えるようになるかな

6年生の修学旅行に行っているときに父が危篤という知らせがあり、病院に駆け付けたときには既にいびきばかりで、その日の午後6時に亡くなりました。

2月24日、仕事で徹夜をして帰ってきて、トイレに入ったままなかなか出てこないので見に行くと、そこで倒れていたというのです。原因は脳溢血、49歳でした。

私は、生れてから父が亡くなるまで、父と一家団欒もしたことがなく、言葉を交わしたこともありません。

一つだけ強烈に残っている記憶があります。

私が家にいるとき、一度ベランダに出たことがあります。それを近所の人が見て、父に私がベランダにいるとすぐに告げたようなのです。

それで私は、父から背中を思いっきり蹴られたのです。それが初めて父と対面したときでした。

私の目が見えなくなったことを、人に知られるのが嫌だったんだと思います。

そんな父でしたが、亡くなる2、3日前に、親戚の人に言ったそうです。

「わしの目を玲子にあげると、目が見えるようになるのでは」と。

自分の娘の目が見えなくなったことを、父は悩んでいたのかと思うと、やはり愛情ある父親だったんだと思います。

ということで、父との思い出はほとんどないので、夢にも出てくることはありませんでした。

それが、私がハーモニカを習い始めて2年くらい経った頃に出てきたのです。奈良の百年会館で初舞台に立つというときに、父が私の夢に出てきて歌を歌っていたのです。

きっと父は、私を応援してくれているんだと思いました。

父が亡くなり、どうなるかと思っていたら、継母は犬まで連れて出ていき、私は兄と暮らすことになりました。

兄がいてくれなかったら、私はどうなっていたかわかりません。兄がいて本当に助かりました。

今考えると、父が私を継母の虐待から救ってくれたのかもしれません。

第4章　恋をし失恋もし鍼灸師として独立

学校の先生になりたかったが現実が許さなかった

兄と暮らすことになり、ようやく生きた心地で学校に休まずに行かせてもらえるようになりました。学校での勉強や友達と遊ぶ時間は楽しく、私にとって毎日が天国でした。数学や英語が大好きだった私は、大学に進んで英語の先生になる夢を持ち、勉強も楽しく頑張るようになりました。中学2年生の1学期の成績は、5が5つ、4が4つぐらいあったと記憶しています。

2学期になって原因不明の熱が続いて、2学期の全てを休んで大事な勉強が止まってしまいました。結局、4か月もの間、病院生活となってしまうのですが、病院で勉強をしようと思って、しんどい身体を起こして学校に本を取りに行ったのに、今度は病院が全焼してしまったのです。2人の患者さんが亡くなりました。

火事になって私の部屋にも火が回ってきました。入り口側の窓ガラスがバリバリ音をたてて崩れ始めたので、慌てて裏側の窓を開けると救助に駆けつけてきた人が私を見つけてくれました。負んぶしていただき私は助かりました。隣の病院に移って気づいてみたら、私はパジャマ姿でした。

火災を知って兄は、すぐに飛んできて、私の無事を確認して喜んでくれました。そして八尾の病院に移ったのですが、熱が出たまま下がらない。いくら調べても原因がわからない。とうとうお正月も病院で迎えました。

冬休みの最後に、また高い熱が出て心配しましたが、ようやく回復に向かい中学2年生の3学期から登校できるようになりました。

しかし、勉強はさっぱりわかりません。気持ちが落ち込みました。

また、当時は私が勉強したい点字の参考書がなく、点字の辞書も中学1年生ぐらいの単語しか載っていない小さなものしかありませんでした。しかも私は、それを買うお金がないのです。

それでも私は、大学に行きたい夢は持ち続けていました。

大学に行くには普通科に入らなければなりません。中学3年生のときには、80点以上取れると普通科に行けるということで、自分の持っている本で勉強を頑張り、普通科に進むことができました。

でも大学受験は、昭和33年当時「目の見えない人は受験お断り」という状況がありました。

お金持ちの子供なら、お母さんやお姉さんや、家族全員で点字を習って、参考書を点訳して、子供を全面的にサポートできるのですが、私はそれができません。親に力もあり、生活に恵まれている人は、羨ましい道に進んでいきました。

それでも同志社大学だけは目が見えない人も受け入れていたので、私は休まず学校に行って勉強を頑張っていました。

でも進学するには、やはりお金が問題でした。

仕事をやりながら私に小遣いを渡してくれる兄に、感謝の気持ちは伝えていましたが、これ以上迷惑をかけてはいけないと思って、自分のやりたい夢の話はしませんでした。

鍼灸の道へ、結婚して開業すると目標が決まった

当時、目が見えない人には、あんま、マッサージ、鍼灸の3療が総てと言っていいほど限られた職業になっていたので、私は、その仕事には絶対に就きたくないと思っていました。

ところが、普通科3年生になったときに先生は、

「あなたは両親もいません。お兄さんが大変なので、あんま鍼灸の道に進み、その後で自分の好きな道に行ってはどうですか？」

と、3療の道を勧めてきました。

兄に相談すると、「自分の好きな道に行きなさい」と言ってくれたので、3療の道に進むとはすぐに決めませんでした。

その後で兄が、結婚したのです。

学校の休みに家に帰ると、お嫁さんがいます。あまりしゃべることもなく、少しでも手伝いができたらと思って動こうとすると、私の目が見えないことに気を遣い、

「じっと座っていてください。目が見えないから危ない」

と言うばかりなのです。

私は家のお手伝いも何でもできるのに、じっと座っていなければならないことに耐えられなくなっていきました。学校の休みで家に帰ることが、まるで針の筵に座りに行くようで、早く家を出て1人で住もうと思うようになりました。

学校の先生になれないと分かってからは、電話の交換手になりたいと思っていました。

それで、3療の受験用紙は必要ないとゴミ箱に捨てたのです。
ところが先生がそれを拾ってきて、

「あなたは親もいないので、地道な職業の道に進むのが一番良いです」と、私を説得するので、本当に嫌な「あんま・マッサージ・鍼灸」でしたが受験したのです。

そして、2年でマッサージのアルバイトができるようになりました。

アルバイトをすると、早く家に帰らずに済むので、それが嬉しく鍼灸科卒業1年前からはアルバイトを進んで行い、お金を貯め始めました。

春休みも夏休みも、アルバイトで毎日患者さんに治療を施していました。患者さんに喜んでいただき、お金をいただける仕事が嬉しく、それが私の生きる希望になっていきました。

あれほど嫌だった3療の道が、いつの間にか結婚して開業するというのが自分の目標になっていたのです。

1人で生活を始めて知った様々な厳しい現実

昭和49年3月、専攻科を卒業して、国家試験も受かり、独り大阪の玉造にアパートを借りて、鶴橋にある業者に毎日通勤するようになりました。

初日は、兄が後ろから見守ってくれました。駅までの道のりにはいろいろな物が置いてあるので、思うところで曲がることができず、ぶつかりそうになると、兄が目印を教えてくれるのです。

それでも道を間違えたりして、普通なら7分ぐらいで駅に行けるのに、何倍も掛かってやっと仕事の場所にたどり着く始末です。明日は1人で行けるのだろうかと、夜になると不安が募り、眠れなくなってしまうことが度々ありました。

そんな日が続くなか、

「どこへ行かれるのですか？」

とサポートしてくださる素晴らしい紳士の人に声をかけられたのです。

その人のサポートは、私の心を明るくしてくれました。それが唯一、頑張れる励みとなっていたこともあります。

あんまの業者は、古めかしい畳の部屋で、お布団を敷いて仕事をします。

私は卒業後、病院でマッサージの仕事をして、お給料をもらいたいと思ったのですが、目が見えないと雇ってはもらえない社会でした。

白杖を持って歩いていると、子供たちなどは、「めくらが歩いている」などと、なんとなく差別をした目線が何時も迫っているような感じがして、1人で仕事をして生活していくことは、厳しい現状ばかりでした。

でも、私が働いていた仕事場には、目の見えない年輩の人や、私の卒業した学校の先輩の人たちも働いていて、自分ばかりが我慢の仕事をしているわけではないことを知ると、仕事にもやっと意欲が湧いてきました。

でも、私の仕事は、男性ばかりのお店だったので、女性の私に、

「ねえちゃん、学校卒業したのかい？」

と、バカにされたように言われたときには腹が立ちました。でも、どんなことを言われても、鉄板のような患者さんの身体を親指1本で満足させられるように頑張るしかあ

りませんでした。

ときには、明日また仕事ができるようにと、腫れた自分の指を水道の水や氷で冷やすこともありました。1人の力でご飯を食べて、アパート代を払っていくのは大変です。ですから、頑張るしかないのです。

通勤の道にも慣れてきて、喫茶店なども1人で入れるようになりました。最初は、目が見えないのでお店に入っても席がわからず、恥ずかしい思いもしましたが、店員さんやお客さんたちが、「こちらに空いている席あるよ」と、いつも優しい声でサポートしてくださるようになりました。

半年、1年となって慣れてきたら、目の見えない仲間から「コーヒー飲みに連れていって」と言われ案内もしました。そんなことで、お店の人たちも大事にしてくださるので、私は仕事にもファイトが湧きました。

夜遅く帰ったときには、いきなり胸元を掴まれて怖い目に遭ったこともあります。ちょうど駅員さんがすぐに来てくれたので助かりました。しかしその日は、怖くて眠れませんでした。そんなことが何度かあったことを思い出します。

産みの母が訪ねて来れくれた嬉しさと恨み

1人暮らしを始めた私をどうして知ったのか、私のアパートに奈良から産みの母が訪ねてきてくれました。私は嬉しくなり、母を快く迎えました。

母は、私と別れてから、私の目が見えなくなったと知って、本当にびっくりしていました。

初めて会ったときに母は、お菓子やお弁当など、いろいろな食べ物を手に一杯持ってきてくれて、いつもお小遣いをくれるし、幸せに思い、これが私の母だったのだなあと嬉しい思いが湧いてきました。

でも、母が、

「どうして目が見えなくなったの？　お父さんが女の人さえつくらなかったら、こんな目には遭わなかったのに」

と、いつも言うので、それに腹が立ち、

「あなたたちが悪いのでしょう？　離婚しなくて、きちんと生活していたら、私の目は見えていたし、なぜもっと考えて、子供のために家にいなかったの？　離婚したときに、どうして乳飲み子の私を連れていかなかったの？」

と、母を責めました。

やはり目が見えなくなったことで、親を恨まないということは嘘でした。

何かにつけて、自分が苦しくなったとき、目が見えていたら、私はもっと素敵なことに目標を置いていただろうにと、ついつい思ってしまうのです。

目が見えなくなったことが、やはり拭いきれない心の傷としてありました。

視覚障がい者は、1人で生きていこうとすると、やはり厳しい現実があると思います。

最近は、障がい者に対しサポートも発達してきており、雇用の環境も少しは良くはなりましたが、多くは視覚障がい者にはまだ厳しい環境があると思うからです。

現実、マッサージが目の見えない人から晴眼者の人の職業にまで発展してきていることもあります。

それでも私は思うのです。

今でもそうだと言えますが、技術さえ優れていたら、患者さんに喜んでいただけるので、仕事はいくらでもあるということです。

最初の職場で、私はそれを体験しました。

ただ、私は、やはり体が弱いのか、風邪ばかりを引いて、とうとう仕事を辞めて、2件目の、ある業者に移ったのです。

今度は、仕事場の近くにアパートを借りたので、道での怖い思いは無く、もう1年治療で頑張っていたので、マッサージする手も丈夫になっていて、仕事も楽しいと意欲が湧いていました。

初めて結婚しようと思ったカレとの出会い

2件目の業者に移る前に、私が初めて結婚をしようと考えたカレとの出会いがありました。少し時間を前に戻します。

カレと初めて出会ったのは、カレが昭和47年4月、四国の今治から3療の道として、大阪府立盲学校の専攻科1年生に入学してきたときです。

カレは、愛媛県立今治西高校を卒業してから、あるクラブにドラムのプロとして勤めていたのですが、20歳のときに急に目が見えなくなり、クラブでの仕事ができなくなってしまったのです。

それでもドラムが好きで、川に落ちてでもお店に通っていたそうです。毎日、音楽のショーなどに出てソロでドラムをたたき、女の子に囲まれて楽しい日々を過ごしていたと言います。

それが、突然、目が見えなくなったわけです。

知り合いの人に、盲学校を紹介してもらって、悩みに悩んで私のいる学年に入学してきたのです。

普通科の私の友達は、全て大学に進学したり、家業の薬局を継いだりしていたくなり、私だけが母校の専攻科に入っていました。

私は、しぶしぶ専攻科に進んだのですが、易しい試験だったので、どうにか通りました。外部からは19人も入ってきていました。

網膜色素変性症になって将来目が見えなくなると診断されたという30歳代の人、20歳代で途中失明したという人、最高年齢は50歳ぐらいだったと思います。いろんな人がいました。

カレはそのうちの1人でした。

私は3歳で目が見えなくなり当時のことは記憶喪失になっているので、目が見えている時代のことはよくわかっていません。

しかしカレは、社会に出て活躍していた途中で突然目が見えなくなったのです。それで3療の仕事を選ばなければならなかったカレを知ってから、私も負けてはいられないと心を強くして勉強するようになりました。

「解剖学」「生理学」「鍼理論」「あんま理論」「病理学」などと、わけのわからない専門教科が続くことも我慢できるようになり、毎日教科書を読むことにも慣れていきました。

学校の先生は全盲の人が多く、中には廊下を歩くときに、人とぶつかるのを避けるためか、いつも「ごめんごめん」と声を出して歩かれる先生もおられました。カレと同じように途中失明の先生もいました。

義手の手をした先生もおり、ぶつかるととっても痛いのですが、その先生は鍼などを片手で治療されるのには、びっくりしました。

一方私は、あんま、鍼灸など、毎日2人組んで実技の訓練をするのが嫌でたまりませんでした。肩も凝ってないのに、実技の訓練ですからやらなければならないからです。

かえって体調が壊れる日もあるのです。

鍼の切皮の練習にも耐えました。

特に、1年生の時には、全く技術もない生徒を相手に訓練するわけですから、休みたい気分にもなりました。でもこれも勉強と思って、日々努力していました。

国家試験に合格、結婚、開業の夢が……

何か月かしてから、いつも授業の休み時間になると、隣のクラスのカレが「タバコ行こう」と、私のクラスの人を誘いにきていました。

カレは、お昼休みにも私のクラスに来ていて、ある日、私は手紙をもらったのです。

「寄宿舎のある部屋で、ドラムを叩いているので、聴きに来てください」

と書いてありました。それはそれは素晴らしい点字でした。それもまだ入学してから何か月も経っていないのに、カレは点字を覚えて、綺麗に書いていたのです。びっくりしました。

私は小学校の時に点字を習っているのに、とても下手でした。しかしカレは何か月しか経っていないのに、こんな綺麗に点字が書けるなんて凄いし、その詩にも心が引かれて、ドラムを聴きに行きました。

ボールモーリア、レイモン・ルフェーブル、フランシス・レイなど、それはそれは素敵な音楽で、なんとしなやかなドラムの叩き方なのかと感動しました。

そして「結婚を前提として付き合ってください」と、熱い熱い愛の告白を受けたのです。私は、初めて恋愛へと落ちていきました。

それからは、早く国家試験を通って開業して結婚しようと思うようになりました。希望を燃やして苦手な治療の勉強にも力を入れられるようになり、アルバイトもして早くお金を貯めなければと頑張るようになりました。

学校の勉強でもカレが、私にノートを纏めてくれました。本当にカレは、器用にやってくれるのです。ですから、同じクラスの女の人も、よくカレの世話をして、仲の良い様子を見せていたので、私はヤキモチをやいたことも度々ありました。

なぜなら、私は目が見えないために、カレに今何をしてあげたらいいのか悩んだりしました。見えている人なら、カレが困った時にサッとサポートできるので、私は大好きなカレの面倒をみられない歯がゆさがあったのです。

ヤキモチをやいて、カレと寄宿舎のホールでよく喧嘩をして、泣いていたことがあります。それが先生の目にとまって、よく兄が呼び出され、迷惑をかけてしまっていました。今から思うと、本当にカレのことが大好きだったのだと思います。

そんな中、カレが軽音楽でドラムを叩いていたので、私もピアニカやアコーディオンなどを練習して、ギター、ピアノ、ベースなどの仲間と演奏をしたりしました。そうやって過ごした楽しい日々が、なによりカレとの交際の楽しい思い出です。

私は小学校のときにはハーモニカを吹いて、6年生の時にはアコーディオンの合奏もしていて、子供音楽コンクールにも出た経験があります。そして専攻科でカレと楽しい軽音楽をした経験が、ハーモニカを演奏している今の私の土台になっているのかもしれません。

寄宿舎での紅白歌合戦では、楽器を奏でたり、司会もしました。

楽しい青春時代を送れた私は、希望に満ちて、専攻科3年生のときには、毎日患者さんとの臨床経験もして、とにかく、国家試験に一発で通って、カレと結婚して開業をして音楽もしようと、夢一杯膨らませて毎日近くの喫茶店で勉強していました。

互いに熱い約束をして、カレが纏めてくれたノートで一生懸命に勉強して、一緒に受験をして一緒に合格したのです。

そして私はある業者に、カレはあるサウナに勤めて、毎日仕事に励んでいました。もうすぐ結婚して開業するのだと、心をワクワクさせていました。

どんなに仕事がきつくても、優しいカレがいることを考えると、毎日の仕事も楽しく汗をかきかき、患者さんに喜んでいただけるようにと、持ち前の根性で頑張る日々が続いていました。


1年ほど経ったある日、カレのお母さんが突然倒れたという知らせがあり、大好きなお母さんのことを思って、カレは慌てて今治に帰って行ったのです。

後でわかったのですが、お母さんは私たちの結婚には反対でした。カレには目の見えている人と結婚させたいということで、私との付き合いも反対だったのです。

カレはそれを知っていたのですが、私との結婚が自分にとって一番の夢なので、田舎に帰らず勤めていたのです。

お母さんが突然倒れたと言ってきたのは、カレを連れ戻す作戦だったということが、後でわかりました。

失恋、悲しみのなかで新たな出会いが

私は、悲しみに打ち砕かれて、毎日の仕事もやる気がなくなり、食事も摂れない日々が続いていていました。そんなある日、私の普通科時代に一緒だった友人が訪ねて来てくれました。

その彼は、小学校6年生から同じクラスで、弱視だったので弁護士になりたくて、鍼灸の道には行かず大学受験のためずっと勉強していたのです。

悲しんでいる私の事情を聞いて、「僕が手伝ってあげるので、開業してみては」と言ってくれたのです。

昭和50年4月、私は1軒目の仕事を辞めて、2軒目のある業者に勤めました。近くにアパートを借りて、5分もかからない道を歩くだけで仕事場に行くことができていたので、あまり道を歩くのにも不安もなく、新しい仕事場で、早く患者さんを増やして生活をしなければと、毎日が必死でした。

結婚しようと思っていたカレとの別れをプラス思考で、もっとまた素晴らしい出会いがあるかもしれないと自分を慰めて、全身が鉄のようになっている患者さんの身体を親指1本でほぐすことに専念していました。

夜9時頃になり、もうすぐ家に帰れるなあと思っていると、急な仕事の電話がかかってくることもあり、「マッサージの仕事、嫌だなあ」というときが何度もありました。反対に一生懸命にすることで、患者さんから、「ありがとう。これお菓子食べてください」といただくときもありました。その美味しいこと。そんなときは、身体を楽にしてあげることができて、本当に良かったと思います。

そのうち、鍼の治療もさせてもらえるようになり、患者さんから「お陰で元気で働けることが嬉しいです！」と言っていただけるようになりました。その明るい声を聞いているうちに、自分も開業してみたいとの思いが強くなってきました。

弁護士を目指していた彼が、休みの日以外にも会いに来てくれて、仕事が終わるとよく夜中2人で話しながら歩くことがありました。それがなによりの癒しになり、日々の励みにもなっていました。そんな彼の温かい気持ちに惚れてしまったのか、彼にまさかの愛情を抱くようになっていったのです。

一緒にいる人の目が見えていると、どこへでも不安なく行くことができるし、自分が困っていることは、なんでも手助けしてもらえます。

このなんとも楽なことを一度経験すると、互いに目が見えない人との生活は、しんどいことがわかります。

それに私はすっかりはまってしまい、カレの「そんなに勤めることが大変ならば、開業すれば、自分の思った治療ができるようになるのではないか」との提案に、気持ちが動いていきました。

開業のきっかけとなったギャル時代の淡い事件

ある日、もう夏休みが終わって仕事場を休めないのに、彼とキャンプに行くことになりました。いきなり大阪駅から「私、休ませてください。急に用事ができて申し訳ありません」とお店に電話をかけ、伊豆大島の方に男性の友達ばかりで出かけたのです。

2晩、海の傍にテントを張り、夜遅くまでバーベキューをして美味しいビールを飲んで、海のなんともいえない波の音を聞きながら、ワイワイと騒いでいた喜びは、今になっても素晴らしい思い出になっています。

テントの中では男性ばかりなので、私は洋服を着たまま雑魚寝をしました。彼の横で小さくなって、彼のほうに顔を向けて眠れなかったこともギャル時代の淡い思い出です。

そのなかに、20歳代なのに透析を受けていて水も飲めない人がいました。私たちが美味しいビールを飲んで、フワンと酔っぱらって騒いでいたので、なんだか寂しそうにも感じられました。

それでも60キロぐらいの荷物を持って、何時間も私たちに合わせて歩き回り、明るく振舞っていたので、私には励みとなり、健康であることの喜びを噛みしめて、贅沢は言っておられないと自分を戒めました。これも大きな思い出の一つとなっています。

夜中の波の音は、まるで嵐が来たようにも聴こえ、なんだか怖い感じもして彼の傍でぐっと小さくなっていました。

食事の支度は飯盒炊爨《すいさん》、カレーや焼きそばを作ってもらったり、波打ち際で果物をむいてもらったり、私はほとんど何もせずに、ただ美味しく出来上がる料理を楽しんでいました。

目が見える人と付き合って、色々なことが出来る楽しさに、今から思えば深みにはまっていったかもしれません。

楽しい思いを一杯して仕事場に出勤すると、「急に休むなんて、もってのほかです！ある程度前もって言ってください！」

と、凄く怒られてしまいました。

「では、私、辞めさせてもらいます」

と、答えたら、

「辞めてくれとは言っていません」

と、私をなだめるように言ってきたので、

「私は開業したいので、辞めさせてください」

と、思わず言ってしまったのです。

立派な治療家になろうと決意して開業

仕事場をすぐに辞めて彼に連絡をすると、すぐに家を探すことに歩き回ってくれました。本当に優しい彼です。

日頃、助けてもらっている兄にも、「私、開業するから」と報告しました。

もう私は、自分の道を進み出したのです。

ところが目が見えないと、「火を出されてはいけない」とか、「商売することなどは目が見えないために危ない」とか言われ、私が1人で家を借りて仕事をさせてもらえる所が無いという厳しい現状にぶつかりました。

これまでも、アパートを貸してもらうのに、「兄と一緒に住みますから」と、嘘をついて借りたこともありました。

でも幸いに、彼と一緒に探すことで、なんとか貸してもらえる段取りがつき、本当に有り難く彼に感謝しました。

兄にもすぐに、ここで治療所ができるかどうか環境を見てもらい、「よし」ということで開業することができました。

最初の仕事場で1年、２つ目の仕事場で約半年、1年半年の経験で開業することになったのです。

自分が住む家は、友達が一緒で見てもらえるからとの条件で、大阪の天下茶屋に部屋を貸してもらうことができました。

友達とは弁護士を目指している彼のことで、彼はわざわざアパートを借りて、掃除や身の回りのいろいろな用事を手伝ってくれました。

兄には看板をつけてもらいました。

その彼とは、12年の付き合いとなりました。彼は弁護士を目指して法学部に入るために勉強していたのですが、弱視だったので点字を使用していました。

それで私は図書館で、彼から対面朗読をしてもらい、さらに彼は私にそれを点字に写してくれてもいたのです。そうした彼の努力に私は感動して、患者さんに対して立派な治療家になろうと、1人で開業することになったのです。

そんな大事な彼なのに、最後は私が裏切る形で別れてしまいました。

開業後の困難のなか誠意をもって治療する

昭和50年10月、私が初めて開業した場所は、大阪市西成区天下茶屋で、南海電車の駅まで7分ぐらい、地下鉄の駅までも速く歩くと5分ぐらいのところで、とっても人情味の深い下町でした。

借りた家も、メイン道路から一歩狭い道路に入ったところでしたが、袋小路ではなかったので、やっと1人が通れる道幅でしたが、1日中、ひっきりなしに人が通っていました。

すぐ傍にお風呂屋さんと病院があり、メイン道路には美容院やスナック、ホルモン焼き屋さんなど、何十年も営業しておられるお店が集まっていて、兄は、

「ここなら、技術が良かったら、きっと患者さんが来てくれるよ」

と言ってくれました。看板は、丁度路地に入るメイン通りに家主さんの許可を得て付けてもらいました。

いざ開業に踏み切ったものの、きちんと診断して治療できるだろうか、家賃を払っていけるだろうか、もし1か月患者さんが来なければ止めなければならない、といった不安がありました。1日目の患者さんはゼロでした。一気に不安が募り、眠れない一夜で朝を迎えました。

身の回りの全てを綺麗にしておかなければと、環境の面でもサポートしてくれた彼のお蔭なのか、近所の大工さん、お風呂屋さんの家族の方々が来てくださるようになりました。

一人一人、1日かかっても治療して、前より少しでも痛みや色々な症状が改善されて帰って行っていただけるように、日夜努力を積み重ねたお陰で、順調よく月日が経っていきました。

何事も体験に勝るものはないと言いますが、全身が火傷状態の体を、どのようにして鍼治療をしたらいいのか。古本屋さんの親指の痛みは、どう治療したら仕事を続けていけるようになるのか。リュウマチで指が曲がって、あちこちの指の関節が痛くて用事もできない症状をどうやって治してあげられるのか。いろんな症状の患者さんと相対することができました。

私は左手の人差し指の先の面で行う触診1本で、何処からこの痛みは来ているのか、日夜患者さんとタイアップして頑張っていました。そのお蔭か、仕事も安定していました。でも困った事が一つありました。メイン道路にあるので、まさかと思っていたスナックの壁と、私が借りている家との壁が一緒だったのです。

それに加えて、部屋はまるで坂のように傾いていたし、照明も1日中点けておかなければならないという悪い条件を承知で借りていたのですが、とても我慢できなくなったのです。

夜9時、10時にもなると、下手な声で、うなるようなカラオケが聴こえてきます。せっかく治療が効いて静かに眠っておられる状態を直撃するのです。

夜が深くなっていくと、ますますカラオケも絶頂状態になっていきます。

一生懸命にやっているのに、もしこの状態が続けば患者さんには来てもらえなくなり、たちまち店を閉めなければならないという不安を抱えながら、半年、1年と過ぎていきました。

患者さんは、

「私たちも下手な歌を歌いますから」

と、笑って済ませてくださる方もおられ、申し訳ないと思いながら、色々な本を読み、とにかく誠意をもって治療をしていくことしかないと思ってやっていました。

自分の力でご飯を食べていくということは大変です。

患者さんの症状を少しでも治して、元の状態に近づけてあげることでしか私の生きる道はなく、それに専念し日夜努力するしかありませんでした。

現実の生活は、少ない収入でまともに食べていけず、安い卵をご飯にかけたり、安いソーセージを焼いたりして食べていました。

彼は一生懸命に掃除してくれるだけでなく、食べることでも彼の家族と一緒にサポートしてくれました。妹さんにはお弁当を作ってもらったりしました。

患者さんもまた治療に来られるときに、「巻き寿司を巻きました」「お好み焼きを焼きました」「漬物を漬けました」などと、美味しいものを持ってきてくださいました。

毎年のクリスマスの日には、たくさんのチョコレートの詰め合わせなどを買っていただいたり、「1日中、家でカラオケをするので来てください」と、私にも声をかけていただいたり、楽しい時間を過ごさせていただいていました。

本当に皆さんに支えられながら、開業して2年、3年と経っていきました。

今でも最高の思い出となっています。

借家から持ち家で開店することに

私の治療法は、本当に薄い1冊の本『赤羽幸兵衛著・皮内鍼法』でした。

患者さんの10本の指の先、爪際の数値を機械で測って、両方のバランスをみて、数値が高い方には、全て背中の背骨から指1本半ぐらい離れたところで「肺、心臓、肝臓、腎臓、膀胱、小腸、大腸」の内臓のツボを使って治療します。

右左があるので、数値が高い方には皮内鍼、数値が低い方には太鍼・中国鍼などといった強刺激を与えて、それぞれ体のバランスを整えて、後は対症療法で痛いところに治療を施していきます。

頭の先から足の先までの、全体を把握しておかなければ、患者さんには喜んではもらえません。ひたすらに、患者さんに喜んでもらえる努力をしていました。

そんなに頑張っている私に、また、生活が成り立たない厳しい現状が迫ってきました。

夜、大きな音が聞こえるスナックに、防音装置を付けて環境面でこちらの治療に迷惑かけないようにしてくれるよう家主さんと話し合いをしていたのですが、それがなかなか進んでいないところに、家賃を上げると言ってきたのです。

その交渉もまた大変でした。

私が誠意をもって話をしても、「めくらの……どうのこうの」と、怒鳴り散らさんばかりの鬼の声で私に迫ってくるのです。その声を聞いて、もう我慢ならないと思い、ここを離れることを決めました。

でも、遠い所に引越ししていくと、せっかく信頼して来てくださっている患者さんに、来てはもらえなくなるし、1からやり直すことになれば、生活が出来なくなると悩んで苦しんでいました。

すると患者さんから知り合いの不動産業者を紹介してもらい、今の治療所から50メートル離れた所に、3軒長屋の建売が建っていて、その真ん中が売れ残っていたのを知りました。

そこを見せていただいたのですが、家を買うなんてとってもお金がありません。ただ店舗付住宅だったので、自分で病院の様な内装をして開店すればカッコいいだろうなあと、なぜか夢のようなことが思い浮かんで、半年悩んでいました。

スナックの問題と、家主さんの意地悪い声などを考えていると、また眠れない日々も続き、そのうち胃も痛くなって、本当に困ってしまい兄に相談しました。

状況をわかってくれた兄は、家を買うことに賛成してくれました。それに知り合いの人の計らいもあり、頭金を集めてもらって、自分の少しばかりの貯金全て使って買うことにしました。

私にとって、大きな、大きな勝負です。もしひと月の仕事がなければ、家を手放すことにもなり兼ねません。

それでも10坪の店舗付住宅1400万円での購入を決意し、兄にローンの手続きしてもらいました。私は目が見えないので、銀行からはお金を貸してもらえず、金利も8・46と高く、毎月10万円近くを払っていくことになりました。

第5章　虚弱体質だった私の水泳挑戦物語&結婚

せっかく手にした仕事場の環境が悪かった

自分の家で治療ができる。

患者さんが玄関を入って来て、カウンター越しに「お願いします」と声がかかる。

そんな様子を思い浮かべると、治療がどんなに困難でも頑張ろうと、夢一杯に胸が膨らみました。

毎日内装が出来上がっていき、木材の最高の匂いもあり本当に病院のようになっていく治療所に感動して、心が躍るなか昭和54年11月、開店しました。

兄2人に頭金の一部を借りて、また、上の兄には立派な看板をつけてもらいました。店に来られた患者さんからも「良かったですね」と、お祝いをいただいたり、また頑張ろうという気持ちになりました。

住まいは別に借りていたのですが引越し、2階を自分の住居にしました。自分の部屋にはベッドも置いて、棚に電話も置き横になっていても夜中でも友達と電話ができる環境が整いました。まるで、テレビのドラマのようでした。

それが私の夢だったのです。

1階の真ん中の部屋には、小さな応接セットを置いて、メインの部屋はくつろぐ部屋にしました。リビングもテーブルを置くスペースがあり、大変だったけれど、一軒の家を持てたことで、いろいろ備えました。

兄は保証人になってくれた上に、お金も貸してくれました。本当に有り難く、これ以上は絶対に迷惑をかけてはいけないと、これから先は1円でも言ってはいけないと心に固く誓い、立派な治療家になろうと決意を新たにして、毎日夜遅くまで患者さんに当たっていました。


住んでみると、また問題が出てきました。またかと思う難問がやってくるのです。

3軒長屋の真ん中の私の家は、両方の家とは壁一つでした。しかも家の前には居酒屋があり、夜中の午前2時ぐらいになると、「早く帰りや。私も帰るから」などと、お店から出てきお客さんとママとのやり取りがうるさく、どうしても眠れない環境に悩まされる日々が続きました。

また、両方の家からの話し声が聞こえます。朝早くから洗濯機などを回し、子供を学校に送り出す様子、「早くお風呂に入りなさい」と怒っている声など、全てわかってしまうのです。

私の玄関の前には土地ころがしの不動産屋があり、そこにお客さんが来ると私の家の前に車を停めます。私が出入りも出来ないくらいに道路を塞いだり、患者さんの自転車も停められなくなるのです。警察に何度となく電話をかけました。

一方、隣の家はマージャン店で、やっと仕事が終わって眠ろうとすると、「ジャラジャラ」と、パイを混ぜる音が耳について、毎日神経が高ぶって眠れません。

それでも、患者さんの身体を少しでも改善しなければと、日夜本を読んで問診と触診と、鍼をツボに刺入したときの状態を把握して、1回1回の治療を前に進めることに専念して、頑張っていました。

その無理がたたったのか、ある日お腹にシコリができたかと思うと潰瘍になってしまったのです。当時、苦い苦いせんぶりを飲んで、自分の治療に当たっていました。

患者さんと同級生の彼と家族が私を支えてくれた

朝は豆乳だけしか飲めず、お昼はリンゴとパンぐらいしか食べられず、夜お弁当を買っても美味しくなく、コーヒーや菓子パンを食べていました。

患者さんには、食事には注意をしてくださいと、昏々と強く指導をするのに、自分のことになると、全く悪い環境にドップリ浸かっていました。

家の周りの問題も解決しません。

仕事も休むわけにはいきません。

段々と仕事がしんどくなってきました。

治療のベッド3台をフル回転して治療に頑張っていたら、午後3時ぐらいになって突然目の前が真っ暗になって倒れてしまいました。

「途中ですみません。帰ってください」

と、お客さんに言わなければならない状態に陥ってしまったのです。

「私は、何のために生きているの？」

ローンを払うために、毎日朝から夜遅くまで治療に当たっている自分に、いつしか疑問を持つようになっていきました。

それでも患者さんがおられれば、治療はやらなければなりません。

夜中に、股関節捻挫を起こして一歩も動けない患者さんから連絡が入り、私はタクシーで飛んで往診に行きました。なんとか寝起きが出来てトイレぐらいは1人で歩いていけるようにと、もつれた毛糸を1本ずつ解くように、患者さんの痛がる状態をなだめながら、0・01ミリずつ鍼で解いていきました。

なんとかしゃがんだ状態から杖を持って身体を動かせるようになり、またなんとか寝起きができるようになりました。

頑張って治療をして終わるころには、チュンチュンと雀が鳴いていました。そんな体験が、今でも昨日のように思い出されます。

ストレスがたまっていた私には、患者さんが喜んでくださることや、毎日、彼が一生懸命に私をサポートしてくれることが、嬉しく大きな支えになっていました。

優しい彼とともに、彼の家族であるお母さん・妹さん・お兄さん・お父さんに支えられ、一緒にご飯を食べさせていただいたこともありました。

彼は、私の仕事が終わると、毎日掃除をしてくれたり、朝、彼が掃除をしに来てくれたり、食事を作ってくれたり、後片付けをしてくれたり、お風呂の掃除をしてくれたりと、私は仕事だけをしていれば良い状態までサポートしてもらいました。お蔭で、頑張れたのです。

彼のお母さんは、公害病に苦しんでおられて、朝になると痰がからんで、身体は痩せて痛々しい状態でした。私がいつも治療をしてあげると、痰が出やすくなると喜んでくださり、いつも私のお母さんのように優しく支えてくださったので、私は頑張れたと思います。

でもお母さんの症状がきびしくって、ついに二十四の瞳で有名な「小豆島」に帰っていかれました。

私は彼の「弁護士になりたい」との夢を達成させてあげたいと、今度は私がサポートすると決め、お母さんが帰られた後は、彼のお弁当を毎日作ったり、京都の大学に通っていたので仕事が終わってから彼の家に、食事を作りに行く毎日となっていきました。

彼の帰りは遅くなることが多く、もう電車が無いので歩いて帰ってきたと言って夜中2時ぐらいになるときがありました。私は心配で、帰ってくるまで眠れませんでした。

それなのに彼は、翌朝また私を自転車で家まで送ってくれて、仕事場の掃除をしてくれるのです。2人とも、こうして毎日頑張るのが普通でした。

年齢27歳「水泳教室に来ない？」と誘われた

治療に、どうしても温熱療法をする器械が欲しくなり、金利の安い福祉金を借りて、器械を購入することになり、初めて盲人福祉会の会長さんと会うことになりました。

それまでは、仕事に追われ忙しい生活をしていたので、福祉会とは縁がありませんでした。会長さんと会ってから福祉会に入会してみると、色々なスポーツ行事があり、秋になると「運動会」のような競技がありました。

誘われるままに出てみると、円周リレーや60メートル競争やパン食い競争に出て、とっても楽しい体験をさせてもらいました。

友達と、優勝を祝ったり、メンバーのグループとの交流など、本当に毎日の仕事の疲れがとれる感じで、友達とコミュニケーションをとるようにもなりました。

毎日の治療にも元気が出てきて、患者さんから「先生、この頃元気になられて、ますます仕事頑張れますね」と、言われたりもしました。

そう言われて私は、自分が元気で治療をしなければならないと気がついて、何か運動をしてみたいと考えるようになってきたときに、ある日、友達の1人に、「水泳教室に来ない？」と誘われたのです。

年齢27歳でした。これまで水と聞くと怖い私でした。臨海学校でもプールでも、水に入るのは怖くてできませんでした。兄と一度、海に行ったことはありましたが、岸辺で浮き輪をつけて遊ぶ程度です。ですから、プールに入ることは恐怖心が先に立って、「水泳教室に来ない？」と誘われても、なかなか返事ができませんでした。

「きちんと指導者がついているので大丈夫。長居の障がい者スポーツセンターだから、怖い目には遭わさないよ」

と、強く誘ってくれるので、思い切ってやってみようと思いました。

友達が駅まで迎えに来てくれるというので、ついに参加したのです。

プールサイドに行くと、準備体操をして、いよいよプールに入ることになりました。とっても怖くてモジモジしていると、みんな自然に入っていくので、私も恐る恐る足を水に入れて、まずは座って足の先だけを水に入れてパタパタしていました。

そんな私なのに、「頭まで潜ってください」と言われてしまい、とっても怖く息がハアハアとしてきたのでためらっていると、いきなり私は頭を押さえられ潜らされたのです。本当にびっくりして、慌ててプールから上がると、友達に笑われてしまいました。皆はもう慣れているのか、平気で何度でも潜っていました。

楽しく水に慣れている皆さんを見ると、私も挑戦してみたい気持ちになり、終わりのころでは、水深1メートルのところで浮いてみようとチャレンジしていました。

1時間のレッスンが終わると、「お茶を飲んで、ビール飲もうよ」という友達の彼が誘ってくれたので行きました。楽しく遊んで家に帰ると、初めての経験で疲れたと思うのですが、色々な音がしてもグッスリと眠れました。

幸い私は鍼灸師をやっていたので、毎日自分に鍼治療をして疲れをとっていました。もちろん患者さんに対しても治療をしていましたので、治療の勉強も頑張ってしていました。

プールで身体を動かすことの軽やかさを実感

私は体が弱く、何か一生懸命に身体を動かすと食欲がなくなり、いつも胃にシコリができグッスリと眠れない日々が普通になっていました。

運動と言えば、子供のときに縄跳びや鉄棒の練習をしていたことはありますが、大人になってからは、何もやっていませんでした。というより、しようとも思わず、ただ仕事をして、お風呂に入って体をほぐすぐらいです。風呂に長く入っているとのぼせてしまうので、カラスの行水でした。

夏には、ご飯の代わりに果物を食べて、特にミカンなどを口にして仕事をしていました。そして、すぐに缶コーヒーを飲んで、菓子パンなどをかじって仕事に臨んでいたのです。

今から考えると、まともな食生活をしていませんでした。自己管理が悪いと判っていても止められず、いつしか夢も希望もなくなっていっていたのです。

ただ治療では評判が良かったので仕事は忙しくしていました。

仕事は忙しいけど、私は「何のために生きているの？」と、自分に問うていたときに、ちょうど福祉会に入ったわけです。

そんなとき友達から水泳に誘ってもらえたのです。

お陰で、グッスリ眠れるようになり私は気持ちが前向きになりました。

1人では外出していなかったのに、なんとか1人で家から長居障がい者センターまで行くことができるように、友達に後ろからついてきてもらい、兄に教えてもらったように杖で確認をしながら、点字ブロックを足でずれないように歩いて、電車を乗り換え乗り換えして、目的地に着くことができました。

そのときは、「やった！」と思いました。「これで運動しに行けるよね」と、ワクワクしながらプールに通うようになりました。

最初は怖かったプールも、少し慣れてプールで歩いてみると、なんと自由に歩けるのです。コースロープがあるので、何も心配なく歩けることに感動して、杖を持たずに自由に歩けることに感動しました。

身体を動かすことの軽やかさは、言葉に表現できない嬉しさです。仕事の合間に1人で通って、なんとか泳げるようにしたいと思って、日夜練習に行くまで発展していきました。

お陰様で身体も段々と元気になって、患者さんの心のストレスにも対応し、いつしか家の環境にも色々の音も、むしろ自分の家族のように自然に受け入れるようになって、リラックスできるようになっていったのです。

クロール25mで障がい者奈良国体に選ばれる

ようやく身体も落ち着き、休みには1日友達と会って楽しく過ごす日々が普通になっていたころ、家に帰るとびっくりすることが起きていました。

ベランダが開いていて、押し入れ・タンスなど全て荒らされていたのです。貯金箱のお金は全て無くなっていました。すぐに警察に電話をしました。

隣でお店をやっていた人が出ていき、次に入るまで空き家になっていたのです。それでその空き部屋のベランダから私の家に渡ってきて泥棒に入ったわけです。

怖くてまた眠れない日々が続き、非常ベルを取り付けました。それで少しは怖さが緩和されましたが、それでも心配だったので、いつも雨戸を閉めていました。

1人で住んでいると色々な怖さもありますが、患者さんの明るい声があって癒されていました。また水泳も少しでも長く泳げるようにと、毎日、時間を見つけては泳ぎの練習に行っていました。

水泳教室に通って20回目の、もう1年になろうかというときに、息継ぎもせずに25メートル泳げるようになりました。身体が段々と強く元気になり、何でも美味しく食べられるようになっていました。

そして月日が経ち、奈良で障がい者国体があるのを聞き、「ぜひ挑戦してみたい！」と思いました。それを目標に仕事の合間の時間を使って、何とかその予選に出られるように練習をしました。

患者さんも、私が練習に行くのに合わせてくれるようになりました。

水に初めて入ってから2年目、ついに障がい者国体の予選に出たのです。初めてのレースは、クロール25メートルでした。

友達に、

「リラックスしていきや。練習はしてきたのだから」

と、励まされて、初めて飛び込み台の上にあがりました。

ピストルの音とともに飛び込み、力一杯手足を動かして必死でゴールを目指しました。息継ぎもせず、25メートル泳ぎきったのです。タイムは、20秒5、滅茶苦茶に泳いで昭和59年9月に開催の障がい者奈良国体に選ばれたのです。

奈良は、私のお母さんが住んでいる所です。

「お母さんに会いたい！　応援に来てもらいたい！」

と思って、仕事が終わるとすぐに泳ぎの練習にいっていました。

障がい者奈良国体で60ｍで銀メダル、25ｍで金メダル

泳ぎの練習は、何もわからないので友達に教えてもらっていました。それに対して私は、ただ滅茶苦茶に泳いでいました。少しずつ慣れてきたところで、コーチがいないとタイムが出ないのではないかと思うようになりました。

ある日、泳いでいると、

「もっと手を伸ばして入れなさい、もっとビートを胸張って打ちなさい」

などと声が聞こえてきました。

自分でも「ええ！」誰が言ってくれているのかと不思議に思いながらも、今日もまた来ておられないかなあと、期待して練習に通うようになりました。

やっと話をすることができると、元水泳部の選手で年をとってからも高校生を教えておられたコーチでした。

プレスで指を切断して、高校生を教えられなくなってから、長居障がい者スポーツセンターがあることを新聞で知り、夏休みに泳ぎに来られていたのです。

下手な泳ぎをしている私を見て、目は見えないけれども手足が動くので、これなら教えられると思われたそうです。

足の悪い人や手の悪い人に泳ぎ方のフォームを教えるのは、それを相当に勉強していないと教えるのが難しいようです。けれども私は、身体は一般と同じなので、なんとか国体に出て恥ずかしくないフォームで泳げるようにと、ボランティアで教えていただけるようになったのです。

ある日、「400メートル泳ごうか？」とコーチ。

「へえ！」と、びっくりして、「私25メートルしか泳げないのに、400メートルなんて無理！」と言ったのですが、もうコーチは待ったなしでスタートの合図を出されたのです。

25メートルから400メートルに挑戦です。息がハアハアして泳いでいる途中で立ちたくなるのを我慢して、どうにでもなれ！　と泳ぎ続けました。

意識がもうろうとしてきたときには、死んでもいいやと思うと、泳ぎ続けることができました。

２００メートルを過ぎると、コーチが私の足の裏を触るので、ただひたすらに逃げるように泳ぎました。

３００メートルまで泳いだ。あと50……、あと25メートル……、残り少なくなって、泳げる嬉しさが溢れ出てきて、ついに４００メートルを休まずに泳いだのです！

「私にも出来たのだ！」

嬉しさでいっぱいになりました。

「ありがとうございます。私、国体に選ばれたので、どうかコーチをしてください。お願いします！」

頭を下げてお願いすると、私のやる気を感じていただいたようで、快く引き受けてくださいました。それからは、毎日、障がい者奈良国体に向けての練習になっていきました。

そのことを知った患者さんも喜んでくださり、治療時間の調節にも協力してくださいました。その分、私の練習が休みのときには治療をする段取りを組んで、仕事と水泳の練習と両立できるようにしていきました。

とっても厳しい練習でしたが、楽しみもありました。練習が終わってからコーチと飲むビールは格別に美味しいのです。またお肉やフライ物など、何でも食べられるようになり、いつの間にか虚弱体質が治っていったのです。

仕事の疲れや風邪で熱を出すことも少なくなって、元気で毎日が明るく、目標を持つことの喜びを噛み締め、コーチの厳しいトレーニングにもついていけました。

奈良ではきっと母が来てくれて、「頑張れるよね」と言ってくれると思うと胸が弾みました。

いつしか優勝して、「お母さん、私は目が見えてなくても優勝できたよ」と言って喜んでもらいたいと、毎日毎日仕事を終えると急いで練習に行きました。

夏の暑い日には、夜練習して帰ってくると、足がカッカカッカとして、また眠れずに冷たいものを飲みすぎ、食事は水で流す感じになりました。それでも、また夜練習に飛んで行ったのです。

コーチは周りから「鬼コーチ」と言われていましたが、私はコーチに指導してもらうことが嬉しく、毎日楽しく練習ができました。

昭和59年9月、障がい者奈良国体の当日、母も応援に来てくれました。

結果はクロール60メートルで銀メダル、悔し涙を流しましたがクロール25メートルでは金メダルが取れたのです！

ピストルの合図で飛び込み、必死で泳ぎました。ゴールしたときには、涙がひとりでに出てきて、「私、泳げた！」と、なんとも言えない嬉しさがこみ上げてきたのです。涙が止まりませんでした。

全く泳げず、身体も弱かった私が、国体に出て銀と金のメダルがとれたのです。この遣り遂げた充実感、これをきっかけに私は競技の道に突き進んでいきました。

素敵なコーチとの出会いがあって頑張りました。おまけに身体も元気にもなりました。どう感謝したら良いのか、本当に心から感謝しています。

弁護士を目指していた彼のお母さんが亡くなる

１９８９年（平成元年）、私、36歳の誕生日の日に、障がい者アジア大会・神戸フェスピック大会女子部門で、初めて日本選手団の１人に選ばれました。

昭和59年の障がい者奈良国体で初めて金メダルを取ってから、競技に挑戦することを目指した私は、コーチの指導のもと毎日練習に励みました。仕事と両立することに、とっても厳しいものがありました。

ときには身体がしんどく、足が熱くなり眠れないということもありました。特に夏のうだるような暑さの日には、クーラーをかけても身体全体が熱くて、これまた眠れないこともありました。それでも仕事に励み、水泳の練習にも全力で頑張っていました。

一方、どんなに忙しいときでも彼は掃除をしてくれていました。私も忙しくなって会うことが少なくなり、コミュニケーションもあまり出来ない日々が続くようになりました。

そんな中、彼のお母さんの喘息の状態が悪くなって、田舎に帰ってしまった後に、状態が急変して亡くなってしまったのです。

私も、彼のお母さんには大変お世話になっていたので、とっても悲しく、彼と悲しみの一夜を明かしたことを今でも忘れられません。

その後、彼はどうしているだろうかと、時折思い出します。

彼は、弁護士の試験を1度受けたのですが駄目だったのです。点字受験なので読んで答えを書くには時間のロスもあり、弱視を可哀そうに思いました。

彼は、田舎で小学校の先生にならないかという話もあったのですが、弁護士になると勉強をしていたので、私は立派に自分の人生に到達して欲しいと、日夜お弁当や食事の用意をして、いつしか彼を生活の面で支えていました。

「生活を支えていくなんて、将来絶対に苦労するよ」と、沢山の先輩、友達から忠告を受けていたのですが、私は将来、彼と結婚したいと考えていたので、彼が弁護士になるというのは、むしろ私の夢になっていたのです。

しかし弁護士の試験が駄目だったので私は考えました。

水泳のコーチがマンション経営をしていたので、その1室を借りてもう1軒マッサージのお店を開くことにしたのです。彼を店長にしたいと思ったからです。

そこで採用した治療家は、何度時間をかけて指導しても、技術が向上しないのです。店長の彼は、マッサージの仕事が出来ないので、私が2軒のお店の仕事をしなければならなくなりました。やがてローンの支払いとマンションの家賃の支払いに行き詰まり、せっかく始めた2軒目のお店を半年ぐらいで閉めてしまいました。

日本身体障害者水泳選手権大会で自由形2種目で優勝

そんな大変な日々を送っていても、コーチとの練習は絶え間なく続け、全日本障がい者水泳大会のクロール400メートルで優勝目指して、1時間半の間に、3000メートルの練習をこなしていたのです。

しかし、だんだんとタイムが上がらなくなり、息苦しさで泳げなくなったので病院に行ってみました。

「あなた、激しいスポーツは一切駄目ですよ。貧血がすごく、スポーツなんか、もってのほか!」

と、強い口調の声で医師に言われたのです。

私は、子供のとき栄養失調で目が見えなくなっています。それも継母がご飯も食べさせてくれなかったからです。そのことが要因だと思うのですが、血が簿く、赤血球が成人の数より100万少ないということがわかったのです。

ですから激しいスポーツをすると、酸素が運べなくて、動悸・息切れがすごく、良いタイムを出そうとスピードを上げて泳ぐと、すぐにバテてしまうのです。

自分の弱さに腹が立ち、どうしてこんなになってしまったのと、子供のときの環境を恨みました。

右手も曲がっていて——これも継母によく捻られたので——水をかく力が弱く、いつもコーチに注意を受けていたので、内心ではこれも親のせいだと恨んでいました。

また泳いでいると、足の悪い選手が、私とコーチとの練習をねたみ、私のタイムが上がってきたら、ゴールでターンが出来ないように塞いだり、私の横を泳いでいくときに私の足をつねったり、車椅子を私の通り道に置いて、わざと私がぶつかるようないじめをしてきました。

私は「そんないじめには負けない！　むしろレースで絶対に勝ってやる！」と、勝負の日までぐっと心で我慢して、貧血の薬を飲みながら練習と仕事を両立していました。

コーチもまた、熱を出して風邪を引かれても、プレスで落とした痛々しい指をまく包帯が外れても、私との練習に日夜臨んでくれました。

その気持ちに応えタイムを上げるため、コーチのメニューをこなしていきました。

2年間、必死で練習してついに1986年（昭和61年）9月の第3回日本身体障害者水泳選手権で、視力０の部で１００メートルと４００メートルに出場し、ベストタイムを出して優勝したのです。いじめられていた人にも勝ちました。

「諦めずに辛抱強く努力していると、勝利が近寄ってきて感動のゴールができる」

この体験は、生涯忘れることができません！

表彰状
視力０ の部
一〇〇米 記録 一分三八秒六
自由形
一位 三隅玲子
あなたは第三回日本身体障害者水泳選手権大会において頭書の成績をおさめられましたので
ここにその栄誉をたたえます
昭和六十一年九月二十日
日本身体障害者水泳連盟
会長 天野要
名古屋身体障害者スイムクラブ
会長 伊藤義雄

視力０の部　100 米自由形
一位　三隅玲子

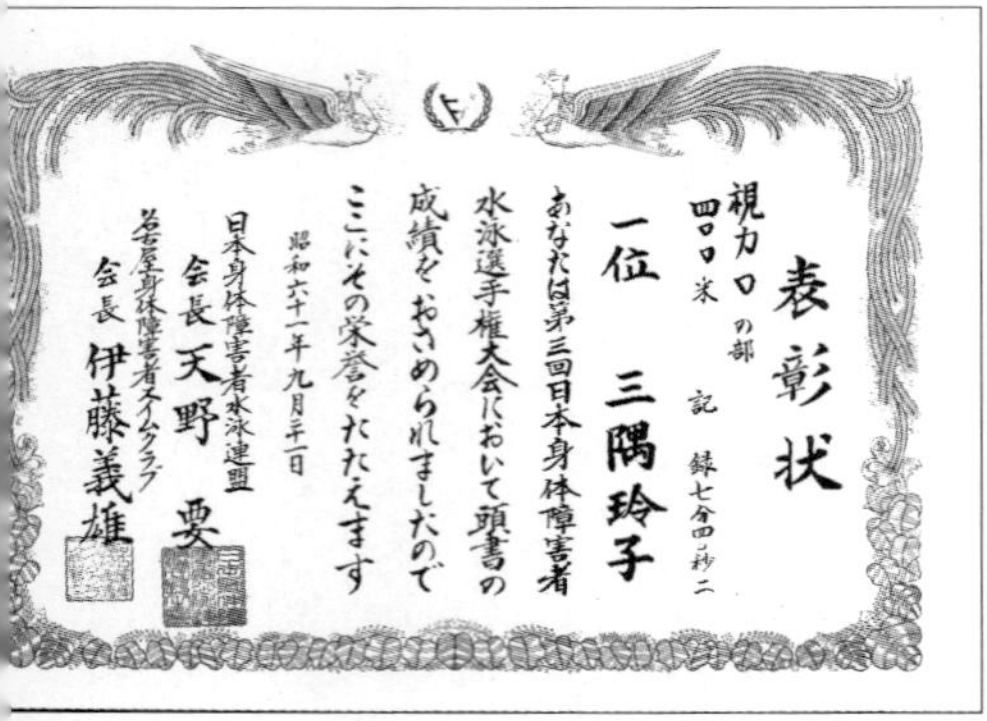
表彰状
視力０ の部
四〇〇米 記録 七分四〇秒二
一位 三隅玲子
あなたは第三回日本身体障害者水泳選手権大会において頭書の成績をおさめられましたので
ここにその栄誉をたたえます
昭和六十一年九月二十日
日本身体障害者水泳連盟
会長 天野要
名古屋身体障害者スイムクラブ
会長 伊藤義雄

視力０の部　400 米
記録７分 40 秒２
一位　三隅玲子

障がい者アジア大会100m、自由形、背泳に選ばれた

さらなる目標としてパラリンピックに出たいと夢を持ち、一層頑張ろうと決め、今度は大嫌いな鳥の肝、レバーなどを噛まずに水で飲み込んで、食事にも気を付けて、自分に鍼治療も施して、日夜練習と仕事に明け暮れていました。

そんなある日、コーチから、「鶴橋で乗り換える時に、目の見えない男性が乗ってくるので、声をかけてみる」と話がありました。

その後、コーチはその男性に声をかけたそうで、泳ぎにきていました。

泳ぎ終わり、コーチからの誘いで、3人で飲みに行きました。

男性は、20歳ぐらいから網膜剥離になり、見えなくなって全盲になってしまったそうです。普通の仕事ができなくなって、盲学校の3療の道に入って、マッサージの会社に勤めていました。

お母さんを癌で亡くして、目が見えなくなって、友達にこの長居障がい者スポーツセンターを教えてもらって、勤めの帰りに泳ぎに来るようになったそうです。

その男性とは、その後、何度か食事に行ったりしていました。

私はパラリンピックに出たかったので、それに目標を置いていたのに、どういうわけか人間関係がうまくいかず、いじめばかり受けていました。それで、泳ぐ会を辞めたのですが、ソウルパラリンピックでは予選に通っていたのに、出場選手には選んでもらえなかったのです。

コーチは怒っていました。

「あなたは自分のことばかりを考えている。会を辞めたから、せっかくのチャンスを逃してしまった！」と。

私は、いじめがあって辞めたのであって、私の都合で辞めたのではないと思っていましたので、何で私が怒られるのか意味がわかりませんでした。

でも、パラリンピックに出たい気持ちが強くあったので、コーチの意見に従って、次のアジア大会には絶対に選ばれるようにと思って、必死で練習に専念しました。

泳ぐ会にも入って、記録会にも出て、コーチの思いを叶えられるように、毎日、雨が降ろうが雪が降ろうが、歩きにくい道路も克服して練習に行きました。

その努力が実って、クロール100メートル、背泳100メートルでベストを出して、障がい者アジア大会に選ばれたのです。

朝日新聞全国版にも載せていただきました。また当時、「フレッシュ9時半キダタロウです」というラジオ番組があり、そこに出させていただき新聞に紹介もしていただきました。そのときは、夢芝居のヒット曲で有名な歌手に電話をかけていただき、話もさせてもらいました。

スタジオで花束をもらって戻ったのですが、コーチが大喜びしてくれたので、今度はメダルが取れるようにと薬もしっかりと飲んで、何でも食べるように気をつけると決めました。

それが自分の治療でもあるわけですが、結果として患者さんの治療にも役立つと思って、ひたすらアジア大会にむけての練習を繰り返しました。

障がい者アジア大会自由形100mで銀メダル

仕事と神戸フェスピック大会（障がい者アジア大会）出場にむけて頑張っていること

で、母が、奈良から半年間、大会に出るまで来てくれることになりました。母と暮らすのは初めてです。

前にも書きましたが、母にご飯の支度をしてもらうことは本当に嬉しく有り難かったのですが、どうしても喧嘩になってしまいました。

「あなたたちが悪いのでしょ。なぜ私だけを連れていってくれなかったの。そしたら、目が見えて、もっと好きな人生を送ることができていたのに」

母も「育ての子供は優しいです。いつもご飯もテーブルにおいてくれるので、何もしなくていいけれど、あなたの所に来ると、全て用事をしなければいけなく、特に買物が大変です」などと私に対して愚痴を言うのです。

「育ての子供さんは、文句は言わないよ。私は本当の子供だから喧嘩もするし、互いに遠慮しなくて話せる。それは親子の絆があるからよ」と、お互いが言い合っていました。

でも、仕事をして水泳の練習から帰ってくると、母が食事を作ってくれています。これほど幸せに感じたことはありませんでした。

いつしか私の彼も、母がいるので来なくなり、私もあまり彼のことは気にしないようになっていきました。

ある日、コーチが用事があって私と練習に行けないときに、コーチが電車で声をかけたという男性が、「水泳の練習に行こう」と誘ってくれました。

彼は河内長野で、私は天下茶屋に住んでいました。とても迎えには来られないだろうと思って、「迎えに来てくれるのなら行くよ」と答えたのです。

目が見えないから「絶対に来ることはない」という確信のもと、わざと意地悪な感じで答えたわけです。

それが、河内長野から天下茶屋まで、全然知らない所に迎えに来てくれたのです。びっくりしました。

2人で泳ぎに行くには、電車も乗り換え、乗り換えしなければならず、彼と動くことが一つ一つ勉強になりました。私は知らない所へ1人で行くのは恐かったので、決まった所しか行きませんでした。

泳いだ後は、2人で知らないお店へ、食事をしに行ったりもしました。道を間違えると、行き交う人に尋ねたり、お店に入ると店員さんに聞いたり、自分のやりたいことを達成していくのです。

私は、途中失明でも、前向きに生きていく彼の生き方に魅力を感じ感動しました。

私は、道でも間違えると恥ずかしくて聞くことができず、目が見えている人と共に歩くことが多かったので、彼の明るい性格と前を向いて生きる彼に惹きつけられていきました。それで、交際するようになっていきました。

それを知ったコーチには、アジア大会までは絶対に間違いを起こさないようにと強く言われていました。

ちょうど私の母が居てくれたので、彼が遊びに来ると一緒に楽しく食事をしたり、ときには泊まることもありました。水泳の練習もできて、前向きに生きることも勉強し、今から思うと本当に幸せな私でした。

そして、皆さんに支えられ、１９８９年（平成元年）神戸フェスピック大会（障がい者アジア大会）に出場し、自由形１００メートルで銀メダルが取れたのです。

５年間、コーチとの練習の成果でした。

突然の三々九度、思わず「私でいいの？」

コーチが声をかけた男性も頑張って、1989年、北海道で開催される障がい者国体に選ばれました。私は彼と仲良くなっていたので、1人で初めて飛行機に乗って北海道まで応援に行きました。

そこで、運命の出会いがありました。私が通っていた府立盲学校で体育を教えている先生に出会ったことです。それがご縁で私は、陸上をするようになったのです。

それにもう一つ、大きな出来事がありました。

水泳のコーチに、「北海道国体が終ったら、私の自宅に来なさい」と言われたのです。

1989年10月15日、大会でお世話になったお礼にと、2人でコーチの所を訪ねました。

すると、なんと私と彼の祝言の用意をしてくださっていたのです。

さあ、夫婦の誓いとして三々九度を……

私は、いきなりだったのでびっくりして、思わず「私でいいの？」と聞くと、彼は嬉しそうに、しかも美味しそうに三々九度のお酒を飲んでいました。それを見て、私も飲みました。

コーチが、私達2人の仲を取り持って結婚させてくれたのです！

私は目が見えない。彼も目が見えない。その2人が結婚したのです。

本命の彼とは結局結ばれず、私が裏切った形で終わりました。

私が結婚したことで母とは疎遠になりました。最期は車椅子でしたが、それでも私の泳ぎをテレビで見たことがよほど嬉しかったのか、覚えてくれていました。

母は、離婚、再婚、そして5人もの子供を育てたのですが、自分の子供である私とはたった半年暮らしただけでした。母の人生もまた、いろいろと考えさせられます。

私が結婚した7年後、母は亡くなりました。

結婚直後で体験した育ちの差と新婚の喜び

私も見えない。彼も全盲。結婚して2018年で29年になります。色々な環境を乗り越えて、今は幸せです。

主人は途中失明、私は子供のとき失明です。結婚した当初は、この差が生活において非常に大きく困りました。

主人は、身の回りの整理整頓が下手で、食事の片づけは駄目、お茶を入れてもよくこぼす、掃除をすることもできない。私は、主人の世話と主婦としての役割を果たさなければならず、仕事をやりながら一層忙しい日を送ることになりました。

結婚して2週間後、私は疲れ果て主人に鍼治療をしてもらいました。そこに急に電話がかかってきたので、私が身体を動かしてしまったので鍼が折れてしまったのです。もう痛くて動けなくなってしまいました。

「どうしよう！」

慌てて病院に駆けつけて手術を受けたのですが、表皮を切ったところには鍼が見つからず、それ以上メスを深く入れると運動ができなくなるということで、すぐに止めてもらいました。

鍼は、万が一折れたとしても、きちんと膜が出来て大丈夫と習ってはいましたが、自分がその状況になると、「なぜ鍼をしてもらったの？」と悔やみました。

私が動かなければ鍼が折れることはなかったはずなのに、主人がやってくれたことに思いが行き、いっときは夢も希望もなくなり、軽はずみで結婚しなければよかったとさえ思い、結婚を後悔したのです。

それでも手術して2週間くらいで痛みも治まり、気分転換も含めて主人と2人で伊豆箱根に新婚旅行に出かけました。

途中、駅員さんや道行く人たちに尋ねて、旅館にたどり着きました。旅館の人たちにも支えられて、立派なお部屋と最高の温泉も堪能して、美味しい料理もいただきました。2人で強羅鉄道に乗り、タクシーにも乗っていろいろと案内していただきました。伊豆の踊り子で有名な温泉にも入って、楽しい旅行を味わいました。

目が見えなくても、皆さんの支えで生活していける喜びを味わうことができて、この先、彼との結婚生活を続けていける自信がついた旅行でした。

家に帰ってからの私は、美味しいものを彼に作ってあげることが喜びとなりました。夜は仕事が終わると、2人で美味しくビールなどを飲んで、「美味しいね」と言いながら仲良く時間を過ごしました。これが新婚生活というのでしょうか。

主人は夜に発作を起こす病気を抱えていた

2か月ぐらいで、やっと慣れた環境にホッとしていると、ある夜中、急に主人がうなされたのです。

そのときは、何か怖い夢でも見たのかと軽く済ませたのですが、そのうち、1粒、薬らしい真ん中に筋が入ったものが部屋に落ちていたのです。

彼に「これ、何」と問い詰めても、ただ怒ってしまい私には何やら隠しているようでした。そのときは、それ以上追及しませんでした。

部屋の片づけをしているときに、タンスの引き出しを開けてみると、びっくり！　大きなかん袋に、なんと薬がいっぱい入っていたのです。

そのことは主人には黙っていたのですが、また夜になって、主人は眠っている最中にハアハアと何やら全身が痙攣を起こしたようになったのです。私はびっくりして、「どうしたの？　どうしたの？」と、ただオロオロとして二人の身体をさするしかできませんでした。

どうなるのかと怖かったのですが、1分も経たないうちに症状が治まったので、何故そのようになったのかと彼に強く問い質《ただ》しました。すると彼は、ようやく正直に、実は時折起こる発作を止めるために神経科の薬を飲んでいたというのです。

付き合い始めて半年ぐらいで、何もわからないままの結婚だったので、「何故、隠していたの？　もしその病気があるのなら、私、結婚しなかった。仲人のコーチにも、何故言ってくれなかったの？」と、主人を責めました。

薬のことを聞きたくて、主人が行っていた病院を訪ねました。

ドクターは、「この人は、眠っていくときに脳波が急に衰えて、脳の働きが悪くなって発作が起こってくるので、それを緩和させる薬です」と言うのです。

ドクターの説明を聞いて私は、「もう結構です！」と、ドクターに言うと、ドクターは「あなた、この薬を飲ませなかったら、ご主人の生命に危険が起こりますよ！」と説明するのです。

私が一番知りたかったのは、なぜ主人に発作が起こるのかということでした。

それで脳外科専門の病院を訪ねました。すると、主人は生れるときに頭を鉗子《かんし》で挟んで取り出しされたようです。

右の脳が発育不全になっており、左の脳は正常に成長しているので、大人になってから脳のバランスが悪く、発作の症状が起こってくることがわかりました。

その後、主人の発作が起こらないように、私の挑戦が始まりました。

1991年パラリンピック 水泳2種目で金メダル

それでも私は主人と将来やっていけるかが不安でした。兄に相談したら、わざわざ家まで来てくれました。

「せっかく縁があって出会って結婚したのだから、どんな苦しいことが起こっても、それを受け入れるのはあなたの使命！ 彼もなろうと思ってこの病気になったわけではないのだから、もっと頑張らないと」

心ゆくまで優しく話をしてくれました。

主人も、兄の話を受け入れて、「離婚されないように、頑張ります！」と言ってくれました。

私は、この怖い病気から抜け出せるであろうかと心配もしましたが、気持ちを切り替えて発作が起こらないように祈りながら、主人のトレーナーとして頑張ろうと決意しました。いつしか主人の病気を、私の力に変えられるようになりました。

1990年1月26日、主人のお父さんが、急に心筋梗塞で亡くなりました。

水泳のコーチが、急に結婚させてくれたので、お父さんに認めてもらえないまま、主人が私の家で2か月ほど生活をしていたときに、1人暮らしをしていた自宅で亡くなってしまったのです。

主人の親戚の人たちに会ったのは、このときが初めてです。知らない所でのお葬式の準備、冷たい水での洗い物、また河内長野は寒くて、大阪市内とは温度差があって身体が冷えたのか、急にお腹が痛くなってきました。

出血もあって大変な状態だったのですが、お葬式が済むまで我慢をしていると、何やら固まりのおりものがありました。それが流産だったのです。

主人のお父さんに連れて行かれたのかもしれません。

兄は、いろんな場面で私を励ましてくれますが、このときも本当に力になってくれました。

「2人で頑張れば、どんな病気や環境でも乗り越えて行けるから」

そうした支えがあって私も頑張れると確信して、2月には籍を入れました。主人の友達にも祝福してもらい、日々仕事と水泳の練習に励みました。

土日は主人が河内長野の家に帰っていくので、2、3日分のお弁当を持たせました。そして、主人の病気を治すために、自然食にも出合って、玄米食の食生活をして、私も鍼治療をしてあげて、薬を飲まないように健康管理に努めました。

治療を手伝ってくれていた主人に、患者さんが慣れてくださり、主人は私の仕事の一部を担ってくれるようになりました。

私は第1回ジャパンパラリンピックで金メダルを取れることを目指して、最後の1か月などは、仕事の合間に5時間ぐらい泳ぎの練習をして、一般のプール教室にも行き、思い残すことがないように練習に励みました。

1991年11月20日、第1回ジャパンパラリンピックに私が出場する日がやってきました。会場は東京の千駄ケ谷オリンピックプールです。

私が選手として選ばれたのは、自由形100メートルと、背泳100メートルの2種目です。1989年9月の障がい者アジア大会では、自由形100mで銀メダルでしたが、1991年11月は、2種目とも金メダルが取れたのです。

頑張ってきて良かった。本当にそう思いました。それは当日にもたくさんの友達や主人、兄も応援に来てくれていたように、多くの人の支えがあってのことです。祝杯をあげ、いままでの励ましや声援に心から感謝の言葉を述べました。

そして私は、翌年7月に開催されるバルセロナパラリンピックに、水泳ではなくマラソンで出場するという新たな目標を持って、陸上に転向したのです。

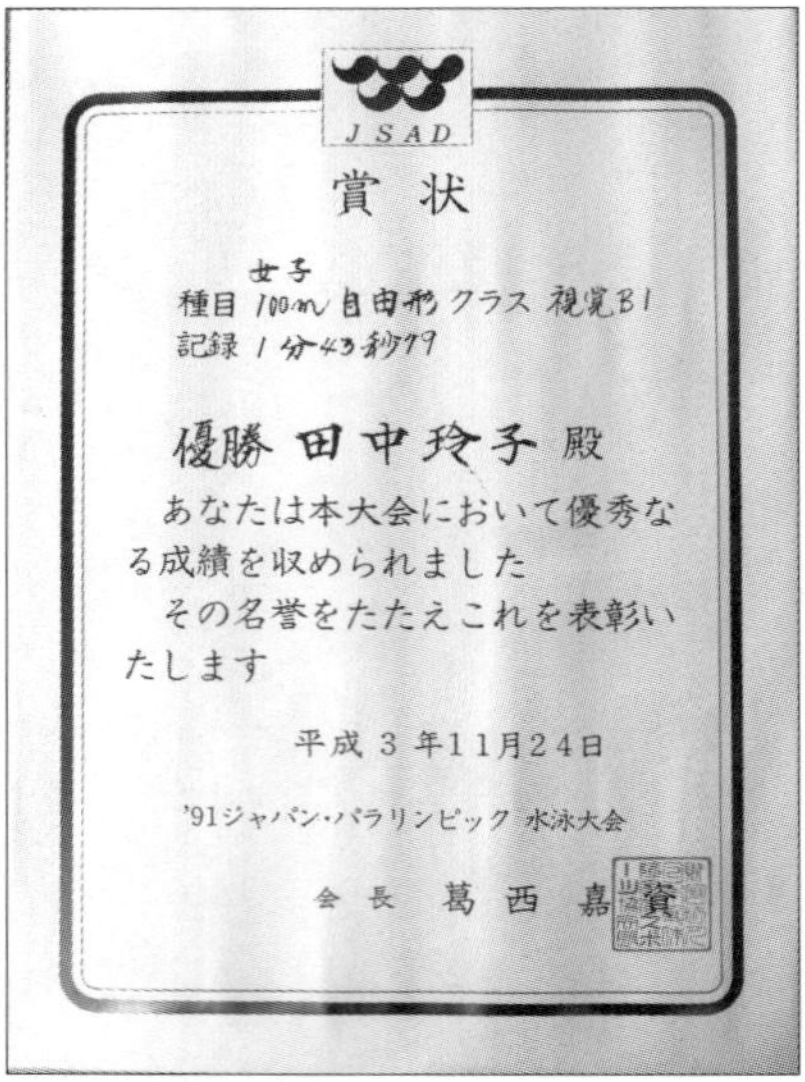
JSAD

賞状

種目 女子 100m自由形 クラス 視覚B1
記録 1分43秒79

優勝 田中玲子 殿

あなたは本大会において優秀なる成績を収められました
その名誉をたたえこれを表彰いたします

平成3年11月24日

'91ジャパン・パラリンピック 水泳大会

会長 葛西嘉資

女子 100 m自由形　クラス視覚 B1　優勝

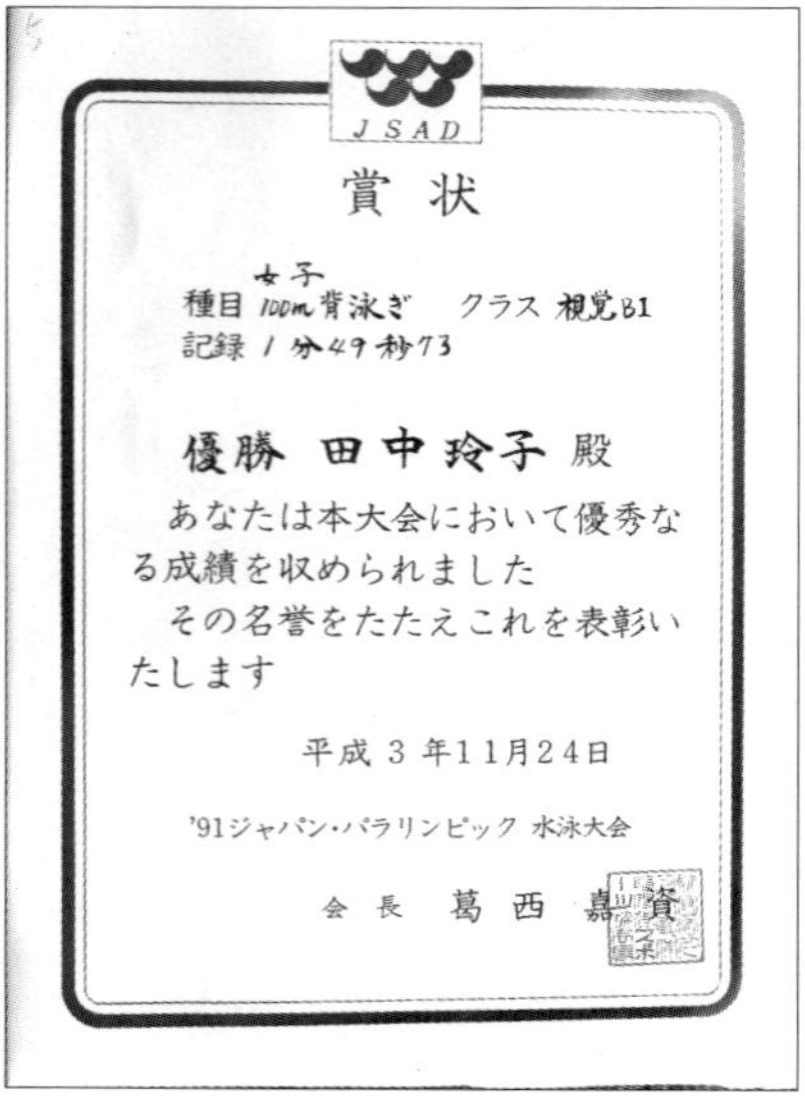
JSAD

賞状

種目 女子 100m背泳ぎ クラス 視覚B1
記録 1分49秒73

優勝 田中玲子 殿

あなたは本大会において優秀なる成績を収められました
その名誉をたたえこれを表彰いたします

平成3年11月24日

'91ジャパン・パラリンピック 水泳大会

会長 葛西嘉資

女子 100 m背泳ぎ　クラス視覚 B1　優勝

第6章　第1回世界盲人マラソン大会初優勝物語

水泳を離れT先生の指導で陸上を始める

１９９１年10月27日、石川県で開催された障がい者国体で主人は自分の母校である大阪府立盲学校のT先生に会いました。T先生は体育の先生です。これは有り難いご縁と思って、私はT先生に会いに行きました。

「陸上を教えてください！　子供のときに走ることをしたかったのです。水泳を止めてきました。来年のバルセロナのパラリンピックに出たいのです！」

とんでもない話です。走った経験もないのに、陸上でオリンピックに出たいというのですから、実現など夢のまた夢です。

私は挑戦するからには必死で頑張る覚悟がありましたから、真剣に話をしました。それがわかっていただけたのか「明日から朝練に来なさい！」と言っていただいたのです。

とっても嬉しく、ヤル気が出てきました。翌日から、まだ寝ている主人の食事を作ってテーブルに置き、朝７時前に天下茶屋から我孫子まで電車で通学するような思いで通い始めました。

学校の先生が伴走をしてくださり、T先生は自転車で伴走をしてくださいました。それをやった後で、ロープを持ってのトレーニングです。学校のトラックは150メートルありました。そこを使って300メートルインターバルのトレーニングを6本するのです。

夢を持っての陸上のトレーニングが始まったのです。

水泳の競技をしていたので体力には自信があったのですが、使う筋肉が違うのか、走ることで心臓もびっくりしたのか、息がハアハア！　と、とってもしんどく、「私、続けられるだろうか」と不安が頭をよぎりました。

トレーニングしているときは辛いのですが、やり遂げた後の、したたる汗が引いていく感じが爽やかで、また頑張ろうという気持ちになるのです。

帰りには、私が学校時代によく行っていた喫茶店に立ち寄ると、15年近くになるのに元気なママが「久しぶり！　どうしてたの？」と、当時のように優しく話かけてくれました。美味しいコーヒーを飲むと、しんどい身体の疲れもとれていきました。

帰りの電車では、学生に戻ったようなワクワクした気持ちになり、「明日も頑張って練習に行きたい！」と思うのです。そんな清々しい気分で家に戻るのに、主人が眠たそうに食事もしていないと言うのです。

「私、作っておいたのに？」と、文句めいたことを言ってしまいました。

主人は、病気の薬を飲むことをまだ止めていなくて、1日中眠たそうな感じになっていたのです。

それでも主人には、仕事の一部を手伝ってもらえるようになりましたが、患者さんのなかには、どうしても私でないと駄目という理由で、他のところに行ってしまわれた方もおられました。

収入がなかったらローンも払えなくなってしまいます。2人で力を合わせて仕事もできるようにと、私は仕事をしながら走ることも頑張り、そして主人には病気を早く克服してもらいたいと思って、毎日、玄米食を作っていました。

股関節を痛めたことで健康の勉強ができた

毎日、午前3時に起きて、主人の食事を作りテーブルに置いて練習に出かけていました。それが、1か月になろうとしていた年末に、1キロのインターバルを3分53秒台で走ることができました。

これなら来年3月に行われる障がい者全日本陸上競技において、3000メートルトラックで、11分台を出せることは可能なのですが、できるだけタイムを出せるように気持ちを引き締めました。

それを叶えるのは、努力のみだと自分の心に言い聞かせ、練習がきつくても休まず走り続け、自分の夢に向かって頑張りました。それでタイムを出して、新しい年を迎えることができました。

お正月、主人と久しぶりに、神戸にある総合福祉ゾーンの「しあわせの村」に旅行に行きました。

そこには、泳ぐプールもあり、また新婚気分も味わって、私は温泉に入って、長風呂の主人が出てくるのを待っていました。

それで身体が冷えたのかどうかはわかりませんが、夜ベッドに入って今日やらなくてもいい腹筋をしたのです。そうしたら、突然「ブッチ！」と音がして、股関節を痛めてしまったのです。

一晩痛みが止まず苦しみました。結局、どこへも行けず、楽しむこともできず、帰る途中は、道行く人の手を借りサポートしてもらって、やっとの思いで神戸から家に帰ってきました。楽しかったはずの2人の旅行が、苦しみの旅になり主人に申し訳ないと思いました。

そして、お風呂にも入れず、トイレにも行けず、寝たきりの状態になってしまったのです。トイレは、主人に洗面器を持ってきてもらって済ませました。これが1人なら大変です。このとき、主人がいたことに感謝しました。

私は鍼治療ができるので、こういうときには自分に鍼治療します。その甲斐あってか、3日目にはなんとか起きられるようになりました。

こういうときには、健康に関心が向きます。それで主人が勉強会に行っていた鍼の先生の所に通うことにしました。そこで色々なことを勉強しました。

「あなた冷たいものを飲んだでしょう?」

「肉をよく食べていませんか?」

「甘いものを食べてはいませんか?」

「野菜は温野菜でなければなりません」

「夜はあまり寝る前には食べてはいけません」

「走った後はビールを飲むなんてもってのほかです！」

今まで普通にやっていることが、「駄目」「駄目」というのです。もう、びっくりするばかりでした。

「お菓子などはもってのほか」なんて言われても、「そんなことあるの？」

「熱いときは冷たいものを食べて身体を冷やさなければならないのと違うの？」

疑問なことばかりです。

「そんなこと学校では習わなかったわ！」

と、思いながらも、私としては早く元気になり、早く走れるようになりたい思いが強くあり、そして主人の身体のこともあったので、先生の言うことを聞いて一層玄米食を忠実に守るようにしました。

2か月目ぐらいになって、足の痛みも治ってきて、「これなら3月には走れるなあ」と嬉しくなって、週に1回は鍼の先生の所に勉強と思って通いました。

先生の言うことを素直に聞いて、甘いものをどれほど飲みたくても、ほうじ茶の温かいものを飲むようにしました。先生の指導を守ることで、練習にも勢いがついていきました。

第1回世界盲人マラソンを目標にマラソンを始める

仕事もする中、主人も陸上に協力してくれるようになりました。そこに新しい仲間ができました。70歳も近くなるのに、日本中を走って回ったという、あだ名「早老人」と言われる人に出会ったのです。

経験豊富な「早老人」さんは、私達が知らないことを教えてくれます。それで2人が同じ趣味を持つようになって、主人も私も楽しく走るようになりました。すると不思議です。いつの間にか主人は元気になって、いつしか病気の薬を飲むことも忘れて、安心して生活ができるようになっていました。

迎えた3月のレース、私はまだまだ足の痛みがあって、3000メートルのタイムは13分45秒、とても話にもならず出場できませんでした。

とっても悔しかったです。

まだ陸上を始めて4か月のことです。伴走の先生が、「また次があるから目標をもって頑張りましょう!」と優しく励ましてくださり、次なる挑戦に向けて祝杯をあげてくださいました。

私は冷たいビールを飲んではいけないと言われていたのに、それを忘れて思いっきり飲んでしまい、皆が居る前で気分が悪くなってしまいました。せっかくの祝杯を、私のせいで悲しみの時間にしてしまいました。

新しい、そして大事な出会いもありました。

私は子供のとき寄宿舎にお世話になっていたのですが、私をよくおんぶとかして遊んでくれた優しいお兄ちゃんがおられたのです。

ある日、伴走の先生が1人の先生を紹介してくださったのですが、その先生は「あのときの優しいお兄ちゃん」だったのです。お兄ちゃんは、立派なリハビリの先生になられ、マラソンをしておられることを知りました。

私は出会いの不思議さも感じながら、マラソンをしておられることに心ひかれて、一緒に走りたい気持ちが強く湧いてきました。

「先生、一緒に走ってください。私、フルマラソンを走りたいのです。水泳では平泳ぎが大の苦手で、個人メドレーが出来なかったのです。陸上でフルマラソンを走りたいのです。伴走をしてください！」

突然の要求に、驚かれたようでした。

でも私は、本当に走りたいという強い希望があったのです。胸の内にあった思いを話すと、しばらく考えてから、

「わかりました。私も弱視なので伴走できるかどうかわかりませんが、練習してみましょう！」

と言ってくださったのです。

T先生の友人ということもあって、私の思いを聞き入れていただいたと思っています。

丁度そのとき、第1回世界盲人マラソンが宮崎県で行われることを聞きました。

またまた私は、「私、それに出たいのです」と、夢のまた夢の話をしたのです。

まだ走りだして4か月ぐらいです。全くど素人の発想です。しかし私は、世界盲人マラソンを目標に、フルマラソンをやり始めたのです。

初めて走った42・195キロ　3時間41分

それからは、毎日学校に通って朝練です。鉄道が好きで鉄道のことなら何でも知って

いる「鉄道の人」と呼ぶ人とも知り合い、長居公園の外周2・8キロと13メートルを4周一緒に走ってもらったりしました。

昼間は仕事です。仕事とマラソンで時間がなくなり、主人と外食で済ませることもありました。主人への治療ができなくなることもありましたが、主人は元気になって走ることを始めました。食事も美味しく、毎日が楽しくなっていきました。

仕事の面でも、主人の治療に合う患者さんができてきて、少し安心して任せることもできるようになりました。

できるだけ時間を上手に使って練習ができるようにと、主人に業務用のランニングマシンで最高速度24キロ出せるマシンを家に買ってもらいました。外での走る量が少ないときには、このランニングマシンで補強をするのです。夜寝る前にもマシンでジョギングします。

食事のほうも、鍼の先生の言うことを聞いて、自然食を色々と勉強して一層気をつけるように心がけました。

伴走の先生との練習密度がだんだんと深くなって、いよいよ世界大会が近くなった3週間前、厳しい練習が始まりました。それは、以前から計画していたアップダウンのある3キロ28メートルの距離を14周走るものです。

これは、とてつもない無知の世界に飛び出したと同じです。

1周、2周は調子よく、タイムも刻み、足も軽やかに、アップダウンの坂道をなんなくこなしました。でも10周を過ぎてくると、息もしんどくなり、足も重たくなり、とうとう13周目で、先生の足にぶつかって、こけてしまったのです。

私は泣いて、もう止めたい気持ちになって、すりむいた膝を抱えていると、伴走の先生が、「もしここで止めると、私はもう伴走しませんよ!」と、厳しい声で言われたのです。

その声を聞いて私は、泣きながら痛い足を引きずり走り出しました。先生は私を一生懸命に励ましてくださり、ついに14周、初めてフルマラソン「42.195キロ」を完走したのです。

ゴールでは、しばらく歩くこともできませんでした。

このランニングマシンで
トレーニング(自宅)

恐る恐るストレッチなどをして、時間をかけて身体をケアすることで、なんとかその日は家に帰れるまで足は回復しました。

タイムは、3時間41分でした。友達は、「3時間41分で走れるなんて嘘つきや！ きっと1周間違っている」と、本当に私が走れたとは信じませんでした。

これでレースで走れる自信がついたのです。走るのを始めてまだ1年、主人も喜んでくれて、一緒に完走できた喜びの食事を楽しみました。

第1回世界盲人マラソン大会宮崎大会に出る

1992年12月6日、第1回世界盲人マラソン大会宮崎大会の日を迎えました。宗茂さん、宗猛さんが伴走で走られる盲人ランナーもおられて、すごい大会に挑んだのだと思いました。

先輩や友達は、1年ぐらいの練習でフルマラソン走ると、絶対に身体が壊れて2度と走れないようになるかもしれないよと、忠告をしてくれましたが、その当日を遂に迎えたのです。

当日の朝、眠れない夜を明かして外の音を聞くと、「滝のような大雨。なに！　嘘！これで走るの？」と、不安も手伝って思わず大阪に帰りたくなりました。

よく遠足の日に、雨が降ると中止になるので、マラソンも中止になると思っていました。ところが、川が決壊するような大雨でないとマラソンは中止とならないと聞き、泣きそうになり朝の食事も喉を通らなくなりました。

そんなことでなかなか走る準備も進まず、おどおどして、やっとの思いで競技場に行くバスに乗りました。しかし雨の音が、走れるだろうかという不安と怖さを増幅させました。

競技場に着くと雨が少しましになり、ホッとさせてくれました。競技場の場内は選手で埋め尽くされ、アナウンサーの声が響きわたります。そのアナウンスを聞きながら、いよいよ始まるんだ、私もこれから走るんだと思うとワクワクし、気持ちが高ぶっていきました。

一般の健常者の選手を含め、２０００人の選手がトラックを埋め尽くしていました。その中で走れる喜びを噛みしめ、やはり来て良かったと感動しながら、先生とアップしていました。

トイレを済ませて、私も準備万端。いよいよスタートの時間が迫ってきました。ヘリコプターも、選手の並んでいる真上を旋回しています。あのテレビで見聞きすると同じような状況の中に自分がいるのです。

スタートを今か今かとドキドキしながら、足を叩いたり、屈伸をしたり、深呼吸をしたり、震えてくる胸の高鳴りの中、ピストルの合図を待ちました。

「10秒前！」とスターターの合図の声。

「9！　8！　7！　6！　5！　4！　3！　2！　1！　バーン！」

一斉に飛び出しました。

大雨のなか気持ちをプラスに切り替え走る

雨は、しばらく止んでいました。

トラックを走りだすと、宗茂さんが伴走していた選手は、すぐに見えなくなって、私と先生は、4分半のペースで走り出しました。

場内からの応援の人たちの拍手を聞いて、ワクワク胸を躍らせてトラックを離れて外線道路に飛び出していったのです。

5キロまでは順調なペース。先生との息も合って、ロープを繋いでいる手の振りも調子良く、息が合っていました。

「このペースを保って走れたら、すごいタイムで、初マラソンいけるよ！」

との励ましに、何も考えずに軽やかに走り、沿道の人々の高らかな声を聞き、心はファイトで一杯、ゴール目指して感動の走りをむしろ楽しんでいました。

ところが5キロ過ぎたぐらいに、また朝のような雨が滝のように降ってきて、私たちを叩きつけ始めたのです！

足もビチャビチャ、靴もじきにずぶ濡れになって重たくなり、水の中と言うよりまるで沼地にはまっていくような感じで走っていました。

止みそうになるどころか、ますます冷たい雨が身体、顔、頭いっぱいに降ってきました。これでもか、これでもかと降ってくるのです。

「えい！　プールの中を走っていると思えばいいわ！」

と、雨の環境に打ち勝つために、気持ちをプラスに切り替えて走り出しました。するとリズムも整ってきて、いつしかハーフを折り返していました。

先生からドリンクをもらい、

「ゴールまでこのままで行くと、すごいタイムか、もしかしたら優勝できるかもしれませんよ」

と励まされ、優勝を目標に、先生と1キロ1キロタイムを刻んでいると、とうとう30キロを迎えたのです。

雨が降る中、沿道の人たちも高らかな応援してくれています。それがなんとも言えない心地好さで、雨にも負けないファイトが湧いて走れていました。

屋根に上って応援している人、沿道で応援する人、本当に沢山の人が応援してくださっていました。

3時間32分12秒　初のフルマラソンで優勝

選手の皆さんも30キロを過ぎてくると、雨のせいかバタバタと痙攣を起こして立ち止まる人、体が冷えて動かなくなり一生懸命にストレッチをして走りだす人、いろいろでした。

私も30キロを過ぎてくると、急に足が重たくなって、1キロのタイムが7分、8分と遅くなって、今まで雨と闘ってきた心も崩れ始め、泣きそうになり、「もう走れないよ」と先生に言うと、

「ここまできたのです。一生懸命に2人でフルマラソンも練習して、この日を迎えたのです。頑張ろう！　もう一度ドリンク飲んで！」

と、ご自分もメガネが雨で曇って、一層見えにくい状況の中で、私に一生懸命に手を合わせて走ってくださるのです。

その気持ちに応えようと、動かない足を奮い立たせて走るのですが、思うようには身体も冷えて動きません！

「兄ちゃん助けて！」

と、家で応援してくれている兄に叫んでいました。

「もう少し、もう少し、ゴールをイメージして、雨に負けてたまるか、ファイト！ファイト！」

と、自分でもつぶやいて、1キロ1キロと走り35キロを過ぎていきました。

雨で冷えきったのか、バタバタと倒れる選手もいて、「ウーウーウー」と救急車のサ

イレンが聞こえる中、38キロにさしかかりました。すると雨が小降りになり、坂道も下りになって、あと4キロのところで1キロ5分半ぐらいのスピードに戻ってきていました。

沿道で応援してくれる人たちも段々と増えてきて、あとはゴールするだけです。

「盲人の女子の選手も、外国人しか見えない」との先生の言葉を聞くと、もしかしたら優勝できるかもという思いが出てきました。

ゴールに向う自分の気持ちを最高レベルにあげると、段々と足も軽やかになり、雨も止むぐらいまでになってきて、なぜか私のゴールを喜んでいるような環境になっていきました。

心を奮い立たせ、持っている力を全部注いで、遂にトラックに入ってきたのです。

あのテレビで聞く400メートルトラック。響きわたる拍手の音を聞きながら、走る思いは夢のようでした。

そして夢に見たゴールへと入ったのです！

タイムは、3時間32分12秒。

優勝したのです。役員の人たちや皆さんが、「おめでとう！　おめでとう！」と握手をしてくださいました。私は伴走の先生とも抱き合って喜び合いました。

「よくやった！　頑張った！」

伴走の先生も褒めてくださいました。

優勝できたのは、私が子供のときに遊んでいただいた、優しいお兄ちゃんが伴走で走ってくれたからです。

お陰で、私は優勝できたのです！

ゴールでは足も立たないぐらい痛くて、一歩も歩けない状態でしたが、ゴール出来た喜びは今も忘れません。

人生、生きてきて良かった！

身体の弱い私がここまできたのは、水泳のコーチのお蔭だと、そのときに感謝できました。

水泳のコーチは、陸上にいった私を怒って、「陸上は1人で走れないよ！　判っているのか！」と言われていたからです。

でも、そのお蔭で、1年でフルマラソン42・195キロに挑戦して、初マラソンで優勝したのです！

賞状

女子フルマラソン B-1 の部

優勝

田中玲子殿

あなたは第一回世界盲人マラソン宮崎大会において頭書の成績を収められましたのでこれを賞します

平成四年十二月六日

第一回世界盲人マラソン宮崎大会

会長 杉本博敬

第1回世界盲人マラソン宮崎大会会長之印

第１回世界盲人マラソン　B-1 の部
優勝（平成４年 12 月６日）

雨が降ったために表彰式が遅れて、伴走の先生と一緒にパーティーにも出ず、飛行機で帰ってきたために、優勝した私が写真に載っていないのです。

それがとっても残念です。せっかく苦労してゴールしたのに、その証拠がメダルしかないのです。表彰式での写真がないのです。今でも、表彰式に出られなかったことを悔やんでいます。

そんな思いもあって、４年後の世界大会を次なる目標に定めたのです。

第7章　第2回世界盲人マラソン大会優勝までの物語

女子マラソンの登竜門、西脇マラソンに挑戦

初マラソンで優勝したことで、私は当時の健常者女子マラソン記録3時間15分を切ってみたいという、またまた夢の夢の目標を立てました。

伴走の先生と、優勝したマラソンの祝杯を挙げたときに先生から、「目標は高ければ高いほど頑張れるよ」との励ましをいただき、自分の生き方にぴったりの言葉だと思って挑戦を決めたのです。

１９９３年2月20日、西脇マラソンの日は冷たい雨が降っていました。この時期が一番寒くて、時には雪も降る恐れがあることはわかっていました。

西脇マラソンは、女子マラソンの登竜門とされており、夢のまた夢を実現したいと夢を描く私にとっては、最もふさわしい大会です。

マラソン会場に到着すると、初めて女子マラソンに出る人たちが２００人。もちろん、一般ランナーの選手を交えてのレースです。

このときの私の目標は、３時間30分を切ることでした。

まだ酷い雨ではないけれど体を冷やす雨の中で、ランナーたちは女子マラソンに出場することに胸を膨らませて、嬉しそうにトラックでアップしていました。

私には、目が見えないためかテレビでの取材が準備されていました。悪条件の中、無事に走れるであろうかと不安も募りましたが、テレビカメラがあるので弱音を言っているわけにはいきませんでした。

私は目が見えないので、事故がないようにとの配慮だと思うのですが、一番後ろからのスタートでした。

さすが皆さん早くて、1キロ走る間に、もう一般ランナーがバラバラになって、それぞれが一人旅のようにも思いました。

沿道の人たちの応援の数は少なく、初マラソンで味わった、あのたくさんの人はいません。きっと雨が降って寒いので、余計に少なかったかもしれません。

5キロも走るとリズムもついてきて、前を走るランナーを抜き始めました。時折テレビのカメラが横に来て、ずっと一緒に走ってくれると、私はとてもワクワクして、どんどんとランナーを抜くことができました。これなら自分が目標としているタイムを出せるかもしれないと、必死で伴走者と息を合わせて走りました。

ところが、25キロ付近で伴走者の靴の紐がほどけたといって、立ち止まったのです。するど、今まで走れた体が、寒さのために急に凍り付いて、動かなくなってしまいました。30キロを過ぎてから、私は泣きながら「もう止める、止める」と、冷たい雨に打たれながら悲しみに耐えきれない状態になっていました。

横にテレビカメラがずうっとついて取材をしてくれていたことが逆に辛く、35キロ過ぎて、「ここで走ることを止めさせてください」と言ってしまいたいくらいに、ギリギリの気持ちになり、とても完走はできないと思いました。

「ゴールしたらケーキがあるよ。熱いおうどんも食べられるよ。美味しいぜんざいも置いてあるよ」

と伴走の先生は、私を必死で励まし、動かない私をロープを引っ張ってゴールへと導いてくださったのです。

私は泣きながら、ただ引っ張られるままに足をひきずりながら、4回も立ち止まってしまい、記録は3時間51分台でゴールとなりました。

そこから動けなくなっていたら、女子のランナーが優しく私を負ぶって、シャワー室に連れて行ってくださいました。温かいシャワーのお湯で身体を温めるのですが、なかなか元にもどりません。仕方なくシャワーを終え着替えをさせていただきました。熱いおうどんも食べても、歯はガタガタと動いて、本当に震えが止まらないのです。タイムも満足に出せず、身体がおかしくなり、勝ったときとはまるで違うマラソンの厳しさを味わいました。

疲れた身体は、なかなか寒さが取れず、毎日電気シーツを使って身体を温めていました。約1か月もの間、トレーニングもできない状態が続いたのです。

でも仕事の治療で、この経験が活きて患者さんの冷えを治すことにつながり、喜んでもらえました。

屈辱を味わった西脇マラソンでしたが、その後はプラスに生かし、次なるマラソンの挑戦へと発展していきました。

リタイアで知ったマラソンの厳しさ&楽しむこと

3月には、美山マラソンにチャレンジしたのですが、私は当日、絶頂の女性の月のものの日に当たってしまったのです。

1000人以上のランナーが集っていました。

それはそれはアップダウンの激しいコースで、お腹が痛くなりました。激しい坂が多く、それもきつい所は角度が10度もあるのです。

雨は降ってはいませんでしたが寒い風が時折吹いて、走る環境としてはあまり良くありません。それに加えて私の体調も良くありませんでした。

そしてスタートを迎え、走りだすとマラソンに人生をかけている私は、やはりタイムを考えて速いランナーについていきました。

10キロ46分台で、まずまずのタイムです。3時間半を切るための目標タイムを設定して、調子良く走ってハーフを折り返しました。そしてドリンクを飲もうとすると、思わずポトンと落としてしまったのです。

それに気づいた伴走の人が、ドリンクを私に渡してくれたのですが、急にお腹が痛くなりもう我慢ができなくなってしまいました。出血も酷くなって思わず完全にリタイアしてしまったのです。

走りを止めると、すぐに収容車に乗せてもらいました。休めるようにお布団もあって、温かいものを飲ませていただきました。私は、そのままゴールまで連れて帰ってもらえると思ったのですが、それはとっても甘い考えであることを知らされました。

マラソンを始めて日の浅い私は、マラソン競技の厳しい現実を何も知らなかったのです。リタイアするのは私1人ではありません。競技が全て終わるまで、どこでどのランナーがリタイアするかわかりません。

私を乗せてすぐにゴールに行くのではなく、最後のリタイアの人や、決められた時間内にゴールできないリミット切れの人を乗せて帰るために、5時間とか6時間、収容車の中で待っていなければならないのです。

それを経験して、厳しい現実を知ったのです。それで着替えも出来ず、寒い寒いと寒さに耐えていました。

そして、これでやっと最後のリタイアの人を乗せて終わりかと思ったら、その人は、「まだ、私はゴールに向けて走る！」と言って走り続けたのです。やはりランナーは走るからにはギリギリまで完走を目指しているんだと思い知らされました。

それに比べて私はなんと情けないことか。記録も大事ですが、環境が悪くなると、すぐに弱音を言ってしまう私がいたのです。なんと私は軽はずみであったかと反省しました。

やっとバスから降りて休憩所に行ってみると、皆も私のようにすっかり疲れていると思っていたら、口々に、「今日は35キロでバナナ食べられたよね。30キロでおにぎり食べたよね。もう少し走るとチョコレートやまたぜんざいもあったかもね」などと、友達と笑いながら、むしろ楽しんでいる様子で話をしているのです。

私はびっくりして、タイムばかりを追いかけている私とは違って、レースを楽しんで走っていることを知りました。友達をたくさん作って、走った後のコミュニケーションに花が咲いていることに感動しました。

「また来年来て、楽しく祝杯をあげようね」と、沢山の友達との出会いがあることに感動しました。

マラソンを通じて、色々な経験をして人間的にも成長していくのだと気づきました。

優勝すればホノルルマラソンに招待される

マラソンで辛い体験した私は、主人も加わって楽しくトレーニングするようになっていました。ですから、もう競技に出ようとは思ってはいませんでした。

辛い体験で私は多くを学びましたが、競技に出ることがなんとなく怖くなっていたのです。

ところが、盲人マラソン大会役員から、「今度行われる全国盲人マラソン大会で、もし優勝したら女子1名をホノルルマラソンに招待することになっているので、出てみませんか？　きっと優勝するよ！」と言われたのです。

その大会とは、１９９５年（平成７年）１月16日に開催される、第１回全国盲人かすみがうらマラソン大会霞ケ浦大会だったのです。

なんと、優勝すれば外国に行けるなんて……私は、ワクワクする気持ちが先に立って、トレーニングに力を注ぐようになりました。

新しい年を迎えて、この大会に出たい気持ちがメラメラと燃えてきて、それを目標に頑張ろうと新年に誓いました。

トレーニングにファイトを燃やしているうちに、レース１週間前になりました。

伴走者と最後に練習をした後で、主人が、すごい熱を出してしまいました。

後でわかったことですが、伴走者がすごいインフルエンザに罹っていたのです。主人も一緒だったので、運悪くうつってしまったのです。

私は必死の思いで看病しました。というのは、この大会には主人と一緒に行けることをとても楽しみにして、喜びでワクワクしていたからです。

でも、とても行ける状態までには回復しませんでした。

なんとか熱が下がってきたので、友達に主人を見舞ってほしいとのお願いをし、私だけ新幹線に乗って、関東の霞ケ浦まで1人で向いました。

現地に着くと、2人の伴走の人たちが歓迎してくれました。主人が来られなかったことを伝えると、とても残念に思ってくださり、

「その分、奥さんが優勝して、大阪にお土産を持って帰ってくださいね」

なんて、家に残してきた主人のことまで心配してくださり、仲間っていいなあと思いました。気持ちよくレースの前夜祭を楽しみました。

明日に備えようと、お酒や食事をいただき、良く眠ろうと思って床に就くと、何やら「ドキドキ」しています。脈拍も高く、「どうしたの?」と、考えてみたら、どうやら主人からインフルエンザがうつったようだと気づいたのです。

大変なことになってしまいました。明日は、私が1992年(平成4年)第1回世界盲人マラソン大会宮崎大会において初マラソンで優勝していることから、テレビ取材が

あると聞いていたのです。

「どうしよう。この状態で走れるだろうか？」

心配になりました。

それまでの私だと、うろたえたと思いますが、考えていても仕方がないと気持ちを切り替え、眠れるように心臓に効くといわれている「かりん酒」を飲んで横になりました。それで少しは眠れて、当日の朝を迎えたのです。

赤い顔をしているので、伴走の人が心配して、「大丈夫ですか？」と聞いてくださいましたが、「なんでもないです」と答えて、走るためのアップをして２０００人のランナーと共にスタートしたのです。

第1回全国盲人マラソン大会 3時間31分34秒で金メダル

ハーフを折り返すまでは寒い寒い冬空でしたが、なんとか1キロ４分45秒ペースで走れていました。

でも実際のところは、とってもドキドキと脈拍も速く、息苦しく、３時間30分を切れるだろうか？　という思いも出てきたのですが、伴走者と共に設定した目標に向って、伴走者の熱い走りに力をいただき、私を奮い立たせました。

後半、体調の悪さに加え、霞ヶ浦からくる20メートルぐらいの向かい風に行く手を阻まれて、思うように走れない環境がありました。

こういうときこそ、苦しみを乗り越えて走らなければならないと、1キロ1キロ、ゴールに向って環境に負けそうな自分と闘いながら走りました。

有り難いことに、背の高いランナーたちが、頑張る私の姿に、

「僕たちが、風に対して、少しでもあなたの壁になれるように走ってあげるから、頑張ってゴールに向かいましょう!」

と、本気で応援、励ましてくださいました。

その声と走る姿に力を得て、寒い向かい風に向かってフラフラになりながら、35キロを過ぎ、私のスペシャルドリンクを友達に渡してある38キロに向かって行ったのです。

ところが、私のスペシャルドリンクがないのです。

走ってきたランナーたちも、寒くて仕方がない環境で身体を少しでも早く温かくしたい気持ちは私と変わりません。

そんな中で、「熱い梅茶をください！」と、必死で立ち止まるランナーがいて、思わず友達が、私のスペシャルドリンクを「あげてしまったの……」というのです。

私は愕然としながら——その場で時間を費やすことはできず——走らなければならなかったのです。

突然、伴走の人が、「〇〇さんが、もう後ろに来ているのですよ。ここで負けて、僕は、伴走はくび！　と言われることが嫌です！　とにかく、頑張ってください。僕が絶対にゴールさせます！」と、言ったのです。

〇〇さんとは、私がどうして負けられない盲人女子ランナーなのです。ですから私も、奮い立ちました。

寒さのなか意識朦朧として足もふらついて、いつ倒れてもおかしくない状態にあったのですが、それを打ち破り、あと10メートルとの声が聞こえました。

そして、ゴールのラインを踏んだ途端に私は倒れてしまったのです。

意識朦朧としたまま、役員の人たちに担がれ医務室に直行です。

寝かされたあとは、ただ唇はガクガク、顔は痙攣、手も動かず、起き上がろうとしても起きられない状態でした。

このままでは表彰式は出られない。第1回世界盲人マラソン大会宮崎大会で優勝しながら、表彰式に出られなかったあの思いは2度としたくない。そう思った私は、

「私、優勝したのです！　なんとかあの表彰台に上りたい！」

と言ったのです。

賞状

種目　フルマラソン盲人B－1女子の部

第　1　位　記録　3時間31分34秒

田中　玲子　様

第1回全国盲人マラソン
かすみがうら大会

平成7年1月16日

かすみがうらマラソン大会

会　長　助川　弘之

第1回全国盲人マラソンかすみがうら大会
フルマラソン盲人 B-1 女子の部　第1位

医務室の人も、伴走の人やドクターも、必死で治療してくださり、1時間ぐらいでようやく起き上がることができました。

表彰式には、ふらつきながら参加し、表彰台には這うように上がり、金メダルをかけていただきました。せっかくのめでたい表彰式なのに、私は

あまりにもしんどくて、悲しい顔で金メダルをもらってしまいました。

でも、タイムは3時間31分34秒で、初マラソンのときより少しは縮めていたので、ホッとしました。

結局は、私がどうしても負けられない女子盲人ランナーは、私の後ろ逢か彼方に離れていたのですが、なんとか私に喝を入れて、優勝させてあげたかったばかりに、伴走の人が嘘をついて、私をゴールさせてくださったことを知り感謝しました。

「よく死ななかったね！」と…人間の強さに乾杯！

表彰式の後も身体がしんどく、何も口にすることもできず、じっとしていていても苦しく、思わずホテルで泊ろうかと思うくらいでした。

「ご主人が、きっと家で待っておられるので、早く帰ったほうがいいですよ」

と言われながら、伴走の人が私に寄り添って新幹線に乗せてくださいました。

東京駅で、念願だったのぞみに乗り換え嬉しいはずが、大阪に着くまでじっと座っていることが苦しく、気分が悪く、優勝した喜びを味わうことはできませんでした。

横では美味しそうにビールを飲み、食事をしている人がいて、その音でさえ気になり、早く大阪に着いて家に帰りたい一心でじっと耐えていました。

やっとの思いで大阪に着き、タクシーで家に帰ってきました。夜11時もはるかに過ぎていたので、主人はもう眠っていました。

でもインフルエンザも治った様子で、スヤスヤと眠っていたので、私はお茶だけを飲んで床に就きました。まだ熱があったのでうなされ、身体も動かすことができませんでした。

朝、本当なら、午前5時15分の地下鉄に乗って、走るために長居に行く予定でしたが、熱に侵されてトイレにも行く力が無く、じっとしていると、突然「ごー!!」という感じで地震があったのです。地鳴りというのでしょうか、それがあの大きな「阪神淡路大震災」だったのです。

幸いにして、私の家は何も被害がなく、お茶碗ひとつ落ちませんでした。神戸などは全壊した家も多く、大変な状況を知り、もし昨日帰ってこなかったら、新幹線に乗れなかったかもしれないと、無事に帰れたことに感謝しました。

身体がまだしんどかったので、先生から往診に来ていただいたら、

「あなたは無茶するよ！　大切な命をもっと大事にしてください。よく走ったね！」と、40度ちかい熱があった身体を診て、「ほんとうに無茶です！」と、すごく怒られました。

しかしドクターは、こんな熱でも金メダルをとれる私の強い根性に、ただただ「よく死ななかったね！」とあきれながらも褒めてくださいました。

人間の強さに乾杯しました！

それなのにその後で、家の階段を踏み外し落ちてしまったのです。腰を打って痛みもあり、ただ「ううう！」と、うめき声をあげて横になるしかありませんでした。

主人は元気になって、おかいさんを炊いてくれて私の看病をしてくれました。1人でなかったことに感謝しています。

福知山マラソン　3時間21分45秒で優勝

1995年（平成7年）1月の第1回全国盲人マラソンかすみがうら大会で優勝すれば、ホノルルマラソンに女子1名が招待されると聞いていたのに、インフルエンザの中一生懸命に走って優勝した私は選ばれませんでした。

実は、親子の盲人ランナーが参加しており、そちらが選ばれたのです。テレビ中継もされていたのですが、その親子のためにテレビ中継は準備されたと聞いています。

「なぜ、頑張って優勝した私ではなかったのでしょうか」

悲しくなりました。だって約束が違います。私には忘れられない出来事です。

そんな私にまた、1996年（平成8年）4月の第2回世界盲人マラソン大会で優勝すれば、ホノルルマラソンの招待がありますよとの知らせを受けました。

コースは、私が全国盲人マラソン大会で優勝した霞ヶ浦だというのです。

聞いた瞬間、「嘘！」と言ってしまいました。

私の気持ち、わかっていただけますよね。

しかしマラソン人生を歩んでいる者として、世界と聞けばチャレンジャーの気持ちが勝手に燃え上ってきます。嫌なことを忘れて、いつの間にかトレーニングに打ち込んでいました。

ちょうど新しい伴走の人との出会いもあって、朝一番の電車に乗って法隆寺まで行き、午前6時半から山1周の激しいアップダウンで自分の走力を伸ばす練習をしていました。伴走の人は2時間45分で走れる人で、週に3回は1キロのインターバルと10キロのタイムレースをして、私を今度こそ良い状態で世界大会に臨めるように指導してくれていたのです。

ちょうどトレーニングの成果を試す福知山マラソンが、1995年（平成7年）11月23日にありました。

気持ちを高めスタートしました。

その成果を示すときです。自分のコンディションが良かったのか、アップダウンのコースもなんなく走れ、順調でした。

ところが最後の1キロが坂道だったので、身体がきつくなり、

「あとどれぐらい？」を、繰り返しました

「あと800メートルです！」

「300メートルです！」

「あと100メートルー」

残りの距離を言ってくれる伴走者の声を力に変えてゴールしました。

タイムは3時間21分45秒、優勝することができました。

マラソンで3個目の金メダルがとれたのです。

それが自信になって、もう一度世界大会で優勝する意欲が湧いてきました。

ハーフで健常者年齢別で初めて第2位となる

1996年、お正月から長野県の友達も私のトレーナーとして来てくれて、監督さんからメニューも作ってもらって、外での練習に加えて家で3時間、マシントレーニングを始めました。

主人も一緒に走る練習をして、さらに仕事も手伝ってくれました。土日は実家に帰っていくので、練習は友達とやりました。

ところが2月に入って、夕方タイムレースをしているときに、私の足に犬がぶつかって私は転倒してしまったのです。それから1か月ぐらいは何もする気がしなくて、もちろん走ることなどはもってのほかです。

実際、頭も痛かったのですが、それより、「なぜこんなことになったの？」と、悔しくて犬を連れていた人を恨みました！

3月に入って、世界大会まであと1か月と3週間になったと伝えられ、気持ちを入れ替えました。陸上のコーチと監督さんから励ましと指導を受けて、身体に鞭を打ちジョギングを再開し、マシンでも走れるようになったのです。

3月の半ば、奈良のかぎろひマラソンがあり、ハーフを主人と一緒に走りました。主人がいると思えば力強く、なんだかファイトとエネルギーが出ました。

折り返しが過ぎしばらく走ると、1番で走っている女子ランナーが前にいたのです。

「もしかすれば健常者のランナーに勝てるかもしれない」

そう思うと走る力がさらに湧いてきて、伴走の人が教えてくれる距離を聞きながら、ただただ「ゴール、ゴール」と心で叫びながらゴールを目指しました。

このときは、しんどい感はまるでなく、沿道で拍手を送ってくれるみなさんの声援が良く聞こえました。そのなかでゴールできたのです。
年齢別ですが、健常者の中で初めて第2位になりました。心踊らせて表彰台に上り銀メダルをかけてもらいました。まるで自分にとっては、初めての金メダルのように思えて、思わず「ありがとうございます！」と伴走兼私のコーチに、何度も何度もお礼を言いました。

帰りに主人と伴走の人たちと祝杯をあげ、次の世界大会は大丈夫と自信が倍増したのです。

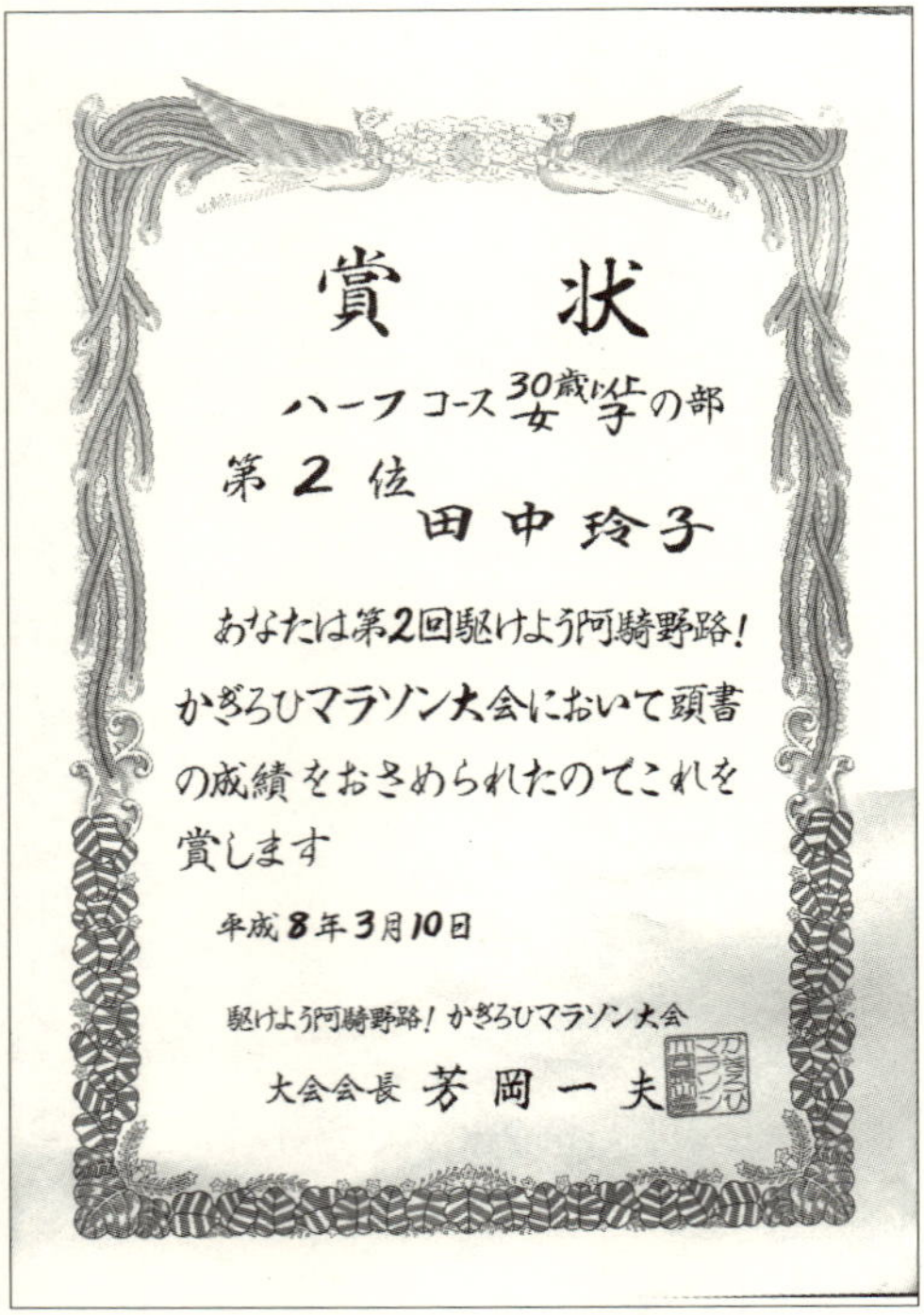
賞状

ハーフコース30歳以上女子の部

第2位　田中玲子

あなたは第2回駆けよう阿騎野路！かぎろひマラソン大会において頭書の成績をおさめられたのでこれを賞します

平成8年3月10日

駆けよう阿騎野路！かぎろひマラソン大会

大会会長　芳岡一夫

かぎろひマラソン大会　ハーフコース
30歳以上女子の部　第2位

主人もいる。兄もいる。心温かいものを感じた前夜祭

ハーフマラソンは、たとえ練習の距離を踏んでいなくても、なんとか走りきれるものですが、フルマラソンの42．195キロは、十分な距離を練習していなければ走りきれるものではありません。

マラソンにおいて地獄の体験を何度も味わっている私は、それがよくわかります。

1か月の練習走行距離として、400キロは走っておかなければ絶対に30キロ過ぎにはバテてしまいます。エネルギーが切れてしまうからです。

ですから、レース1週間前には麺類などを中心にした食事をして、糖分補強をしておくのですが、たとえ1日中ケーキを食べていても、後半スピードが落ちて、ともすると完走できないこともあるのがフルマラソンなのです。

第2回世界盲人マラソン大会まで1週間前になると、走れるだろうかという不安が募ってきました。監督さんからイメージトレーニングを教えてもらって、毎晩眠る前に20分間座禅を組んで、腹式呼吸をして、眼をつぶって、頭の中を空っぽにして、ただカチ

カチとメトロノームを聞くのです。

すると、何やらベンチで上り下りをしたり、肋木《ろくぼく》にあがったり、そのうち椅子から飛び上がったかと思うと、急に1人でものすごい勢いで走りだしたりします。

その道は棘の道であったり、ぬかるみの道であったり、芝生の道であったりするのです。ロープもなく、たった1人ですごいスピードで走っているのです。

という夢を見たのです。その夢から目覚めると、「レースいける！　大丈夫！」と、自信が生れ元気が出てきました。

3日前には、長居の練習から帰ってくるときに、自転車にぶつけられました。しかし「ああ、これで悪いことはなくなる！」と思えたのです。

2日前に監督さんのところにいくと、丁寧にマッサージをしてくれて私を送り出してくれました。

「ありがとうございます！」

心で深く、「監督さんの優しい気持ちに、頑張ろう！」という気持ちになりました。

大会の前日の4月20日、今度の世界大会に一緒に走る主人と、初めて応援に来てくれる兄と、初めての飛行機に乗って霞ケ浦に入りました。

今度はとっても心強く、恐怖を味わったマラソンのときとは違い、伴走の人、それも私のコーチになってくれているランナー。私を歴史的な記録でゴールさせてくださった伴走の人。主人もいる。兄もいる。

ワイワイと美味しいものをいっぱい食べて、ビールで乾杯して、優勝を誓った前夜祭になりました。

ベストタイムでマラソン4個目の金メダル

当日の気温は15度。暑くもなく寒くもなく、上天気。こんなのは初めてです。

「こんなマラソン日和はないですよ！　これなら高タイムを望めますよ！」とコーチ、コンディションも良く笑いながらアップし、特にゲートから入って180メートルを頑張れば、高タイムで走れるイメージを身体に焼き付ける練習をしました。

主人もアップの練習をしていて、こんなに環境の良いことは初めてと、気持ちのよいスタートを迎えたのです。

それに、私としては兄も来てくれたことが大きな励みになっていました。

いよいよスタートです。

私は、招待選手として選ばれたので、３０００人の選手が埋め尽くす中で、一番前からスタートできたので、自分のペース1キロ４分28秒で刻んで走りました。

健常者の速いランナーたちと共に走ることが、とてもワクワクし、このままゴールまで行ければばと、距離を伝えてくれるコーチ、露払いをしてくださる伴走の人、そしてロープ（伴走者）と息を合わせながら、たくさんのランナーたちと肩を並べるようにハーフを折り返しました。

そして、あの怖い30キロを2時間14分で通過したのです。

このペースでいけば、優勝はもちろん、「健常者の女子マラソンに出られるかもしれない！」などと、夢の夢をイメージして、なるだけ後ろのランナーに抜かされないように走りました。

私がランナーを抜くと、またそのランナーが私を抜き返してきます。

それが悪かったのか35キロを過ぎたら少しスピードが落ちて、1キロ４分50秒になってしまいました。それに気づいたコーチである伴走のランナーは、私に２００メートルずつ距離を伝えてくれました。

しんどく、息がハアハアーとしてきても、２００と聞くと、また２００メートル少なくなったと達成感が出てきて、40キロ過ぎには、ただただ優勝！　優勝！　を強く思って走ることに集中できました。

途中で、兄の応援する声が聞こえました。

「兄ちゃん頑張るよ！　ありがとう！」

私を応援してくれる沿道の人たちからは、「外国の盲人の選手は、まだみえていませんよ！」の声が聞こえました。

それらに励まされて、「ここまで来て負けてはたまるか！」と、一層心にファイトを燃やして走ったのです。

ついに朝練習したゲートからの１８０メートルに入りました。ゴール一直線、最後の力を振り絞って、ゴールのテープを切ったのです。タイムは3時間17分50秒、今までの最高タイムを出して、外国人を抑えて優勝したのです。

２番目の女子選手とは、30分の差があり、「なぜそんなに速く走れるのですか？」と聞かれました。

招待選手としての役目を果たせたことが、なによりでした。

主人も、タイム3時間33分を出して、盲人の男性の中の年齢別で銅メダルを取れたのです。共に喜びを噛み締めました。

「コーチ、ありがとうございます！」

何度お礼を言っても、私の感謝の念は尽きません。

優勝したらホノルル招待の件は、またもや盲人の親子ランナーに回りました。テレビも親子のほうに準備されていたようです。

なんで、こうなってしまうのでしょうか。

残念な気落ちになりましたが、私は、表彰台の一番高いところに立つことができたのです。

金メダルをかけてもらえたときの喜びは、最高でした。ランナーとして大ベストの記録を残せたこともまた嬉しく、大きな自信となりました。

レースの後のパーティーには、初めてドレスを着て、お化粧をして出ました。一流のジャズバンドの生演奏、優勝して飲むビールの味、コーチやたくさんのランナー、銅メダルを取った主人、友人、兄など、みんなに囲まれてお祝いができました。

こんな人生の幸せはあるでしょうか？
生涯忘れることはできません。

賞状
CERTIFICATE OF COMMENDATION

種目　フルマラソン　B－1　総合女子の部
Total Ranking Marathon B-1 Females

第1位　　記録 3時間17分50秒
Time

田中 玲子 殿
伴走者 前田[illegible]殿

第2回世界盲人マラソンかすみがうら大会
THE 2nd. INTERNATIONAL BLIND MARATHON IN KASUMIGAURA

1996・4・21
第2回世界盲人マラソンかすみがうら大会

会長　杉本博敬
PRESIDENT OF THE 2nd INTERNATIONAL BLIND MARATHON
Hirotaka Sugimoto
HIROTAKA SUGIMOTO

第2回世界盲人マラソンかすみがうら大会
フルマラソン盲人 B-1 総合女子の部　第1位

伴走者 前田静男殿「ありがとうございました」

第8章　その後のマラソン人生と主人との絆

健常者女子マラソンに出たいと願うも膝が故障

第2回世界盲人マラソンで好成績を上げた私は、次なる夢が生れてきました。健常者の女子マラソンに出ることです。それに焦点を絞って、更なる強度の練習メニューをこなすことになりました。

3時間15分を切るためのトレーニングです。

家ではランニングマシンの角度を10度上げ、登り坂のトレーニングを始めると、なんだか夢を達成できるような気分になり、きついトレーニングもなんなくこなすことができ、毎日がワクワクでした。

ある夏の暑い朝、練習を終えいつものように家に帰りましたが、その途中であまりにも汗を多くかくので、思わずスーパーに駆け込んで冷たいコーラを買い一気に飲みました。家に着いてからも、冷たいお茶をいっぱい飲みました。

そのためなのか、なんか身体がだるくなっていったのです。

それでも翌日の練習に出かけ、最初のコーチとの練習はなんなく走れていたのですが、急に右膝の裏が痛くなって、あれよあれよという間にまったく走れなくなったのです。

足を引きずり、なんとか人の手を借りながら、また白杖を頼りに、電車でもなんとか駅員さんに手助けしてもらい家に戻って、すぐに自分で鍼治療を開始しました。

でも、段々と痛みが増して、トイレに行くのも家の階段を降りるのもいざってしかできなくなったのです。

なんと情けない！

あっ、そうそう、と、鍼の先生が言っておられた言葉を思い出しました。

特に走った後は、冷たいもの甘いものを口にすると、身体が陰性になり病気を引き起こす。本当にそんなことあるの？　と思っていましたが、まさしくその現実を身をもって味わったのです。

その3日後には、母の遺骨を納めに行くと兄から連絡をもらっていたので、行けるかどうかと心配していたのですが、少し痛みが治まってきたので行くことにしました。

痛い足をひきずりながら、いつものように地下鉄の駅に向かったのです。駅に着き恐る恐るなんとか足を運んでいるところに、電車が入ってきたのです。

「来た！」

と思って急ぎ足をした途端、「プッチ！」と、膝に電気のような痛みが走ったのです。もしかすると靭帯が切れたかもしれない。極度の不安に襲われましたが、地下鉄に乗ったので、そのまま兄の待つ所に行きました。もう歩くことが困難になっていました。でも、母の納骨に立ち合えて、本当に良かったと思います。母もきっと幸せな世界に入って、今までの辛かった人生にピリオドが打たれたのだという実感がしました。痛い足をひきずりながらでも、兄と来られたことが幸いに思いました。

2年間の膝の故障で研究・確立できた田中流金鍼！

痛めた膝に関しては、鍼の先生の所に行って勉強を重ねながら、先生からある大学病院の膝専門で有名なドクターを紹介してもらい、色々と検査をしていただきました。

少し膝に水が溜まっているというので、炎症止めの注射を初めて膝に打ってもらうことになりました。とっても痛そうで、怖くてぶるぶる震えていたのですが、いつの間にか終わっていました。

ドクターが「これで1週間は安静にしてください」と言われたので「えっ」と思った

のですが、「トレーニングで治す病院があるので、そこで治しましょう。私も週に1回は行くので」と言ってくださりホッとしました。膝の痛みは少しましになったようでした。

早速、膝を治すトレーニングの日に病院に行くと、そこには中学生からお年寄りまで、腰や膝を痛めた人が多くいました。バレー、スキー、野球、相撲、自転車競技、私のようなランナーなど、色々なスポーツで故障した人、そして手術をした後のリハビリで来ている人もいました。

リハビリや筋トレをすることで、またスポーツに復活できるようにと頑張っているのです。たくさんのトレーナーがおられる、このような病院があることを初めて知って感動しました。

私は、もちろん仕事が出来ません。早く治すために毎日鍼の先生のところに通い、足りないところは自分でも補強の治療をして、毎日天下茶屋の家から日本橋の病院まで、1人で膝を治すトレーニングに通いました。

トレーナーの作ってくれるメニューの腹筋、スクワット、背筋、ベンチプレス、エックステイション、レッグカールなど、床だけのトレーニングから始めました。

1年9か月が経って、足首に30キロの負荷をかけて3回あげたり、片足スクワットでも片手に8キロの鉄アレーを持って20回を3セットできたり、手に4キロぐらいのおもりを持って、腹筋台で30回するなど、相当なウエイトトレーニングをこなせるようになっていったのです。

病院におけるトップレベルまでトレーニングが強化されて、この病院で治った人のモデルとして紹介されるというラッキーなこともありました。

日に日に順調に回復していった私でしたが、何回も故障を繰り返し、松葉杖を持った若い10代の学生たちがいるのです。

「これ治るのでしょうか、いつになったら元気になって、この杖を持たずに歩けるのでしょうか？」

このような話を聞くと、なんとも言えない辛い気持ちになり、悲しみで心を暗くして家に帰ったことも度々ありました。私は、運よく治ったことが幸せでした。

実はその途中で、私にとっての大事件があったのです。鍼の先生のところで勉強し治療してもらっていたのに急に断られたのです。

もう、暗闇の中に突き落とされたような感じになりました。

でも、何回も逆境や困難に遭ってきた私には、それに負けない精神が育っていました。「絶対に自分で治す！　また走れるようになる！」と決意して、金鍼を徹底して研究する機会になったのです。

それを毎日自分の身体で試し、田中流の金鍼を確立させていきました。それがのちに患者さんへの治療となっていったのです。

膝の復活で京都シティーマラソンに挑んだのに……

2年間、膝の治療を行い、それを克服した証として、1998年（平成10年）3月、ハーフ21・75キロを1時間30分を切って走ると、またもや夢をもって京都シティーマラソンに挑みました。

トレーニングで知り合ったトレーナーや病院のスタッフの人たち、私を応援してくださっている方々など、わざわざ大阪から京都まで応援に来てくださいました。兄も応援にきてくれました。

当日は、お天気は少し寒かったけれどまあまあでした。スタート地点は1000人以上のランナーで埋め尽くされ、スタートとなりました。

直後は、多くのランナーで混雑していて、なかなか思うように前に出ることができませんでしたが、7キロを過ぎてからようやく混雑がましになって普段のリズムで走れるようになりました。そのため、タイムは設定より遅れていました。

そして7・7キロに差し掛かったときに、「プーン」という非常ベルのような大きな音が鳴ったのです。

「この時間までに通過しなさい」というリミット時間を過ぎたという知らせです。

瞬間、リミットで張られたロープをすり抜けて走ろうと思ったのですが、伴走者とロープでつないで走っているので、係員をごまかすことができません。しかたなく河川敷に降りて走らなければならなくなりませんでした。

そこはゴロゴロの石ばかりで石が足に食い込み、まさしく河川敷です。タイムも遅くなり、目標タイムは諦めるしかありませんでした。

9キロぐらいまではゴロゴロとした石の上でしたが、メインコースに戻ることができたので、今からでも遅くはないと、自分自身に喝を入れて、少しでも早めのタイムを出そうと兄の待っているゴールへと急ぎました。

ところが折り返しの10キロぐらいで、またもや左足の足首が痛くなってスピードがダウンしたのです。それで、これではゴールも無理かもしれないという不安に襲われてしまいました。

でも、皆が応援に来てくれているのです。せめてゴールを目指さなければと、コーチの励ます声にファイトを燃やし、痛い足をひきずりながら走りました。

タイムは1時間51分台。ものの見事に夢は破れ去りました。

膝が治るまで、走るのを待っていてくれたコーチが応援してくれていたのに……

一生懸命に筋トレもやってきたのに……

わざわざ写真を撮りに来てくれた友人の方々がいたのに……

忙しいのにコースを調べるだけでなく、仕事を休んで自転車で横を走って応援してくださった方がおられたのに……

そうした方に応える走りが、全く出来なかったのです。それが情けなく、もう屈辱でしかありませんでした。そんな私に、「また次に頑張ればいいじゃないですか」と、涙を流している私を慰め、励ましてくださる人たちがおられたのです。本当に有り難く、申し訳ない気持ちでいっぱいになりました。

京都シティーハーフマラソン

痛い足をひきずりながら電車で帰りました。もう悲しくて先のことなどは考えることもできない状態になっていたのです。

そのせいだと思うのですが、伴走をして下さっていたコーチに、「さよなら！」と言ってしまったのです。なんでか、わかりません。

足が悪くなったのは伴走者のせいではないのに、嫌なことを言ってしまい、本当に申し訳ないと心から反省しています。

環境に惚れ込み主人の実家・河内長野に住むことに

京都シティーマラソンで、お世話になった方々に恩返しできると思ったのに、かえって心配をかける結果になってしまいました。

しかしこれも、私の怠け心からではなく、自分なりに頑張ってきた現時点での結果なので、前向きに考えて進むことにしました。

ところが、主人も腰を痛めていて走ると足にしびれを感じるようになっていたのです。時間があれば主人の治療もしてあげられたのに、私はマラソンのトレーニングと仕事で忙しく、また私自身の膝の治療を2年もしていたので、その間は主人に治療もしてあげられませんでした。

そのためかどうか、主人は坐骨神経痛になっていたのです。それで河内長野にある主人の実家に帰ることもできなくなっていたのです。

当然、仕事の方も出来ない状態です。

このとき、ふと私に気づきがありました。

「きっと主人は、私のレースで大変なことを私に教えてくれたのかもしれない」ということです。

実家のある河内長野は、大阪市内と違って川が流れていて、湧き水が湧いていて、緑が多くて、空気も美味しく、4月といえばあちこちで鶯の鳴き声が飛び交っています。

なんと爽やかな環境なんでしょうか！

少し寒い風も都会とは違って静かで、人ごみの混雑もなく、川のせせらぎが夢破れて帰ってきた私に、「また頑張ろう！」という気持ちにならせてくれたのです。

なんとも言えない緑の匂いが、身体全体を包んでくれるのです。

「ここに住みたい」

と、私は思いました。

それで私たちは、河内長野に住むことにしたのです。

家をかたずけ、2人が生活できるようになるまで、およそ3か月かかりました。

主人は、痛めた腰のリハビリで外に出て歩いたりしていたのですが、植え込みを杖で触りながら、走ることもできるようになっていました。

いつの間にか植え込みをつたって、２人で外周道路を走れるようになっていきました。

植え込みを触って2人で走り深くなった絆

河内長野では、朝４時頃に起きて走り始めました。走っている最中に、どこのコースがいいのかを探すのがまた楽しみなのです。特に坂のきつい所を探しあてると「やったー」となります。

段々と走れるコースが増えていき、朝は車が少ない午前５時頃から、延命寺の坂道を２人で走るようになりました。

主人と私は、夫婦漫才のように「ポンキチ・ポンコツ」などと言い合って走るのですが、それから５年間は２人の練習が生活の一部になっていました。

私も段々と勘が働いて、車が通る道路の真ん中を走れるようになったのですが、たまに車が停まっていて、ぶつかって歯を抜いたこともあります。

予測もしないところに物が置いてあってぶつかったり、急な下り坂で溝にはまったりで、いつもケガが絶えませんでした。けれども、主人と走れる喜びが怖さを吹き飛ばしてくれていました。

夏などは、酒屋さんで立ち飲みをすることもあり、良い気分になって主人と走れる絆にどっぷり浸かって、幸せな毎日を送っていたのです。

そんな姿を見ていたランナーの人が、私たちの伴走をしてくださるようになりました。伴走に加えて、「自分たちもレースに出られるよね」と言ってくださり、こちらも嬉しくなりました。

こうした走りによって私たち2人の体調もよくなって、時折色々な坂道を探して走ったり、昼間、外周道路にあるケーキ屋さんに寄って、美味しい紅茶やコーヒーを飲んだりしていました。

2人で誰にも手引きしてもらえなくても快適な汗をかけるなんて、実家に帰ってきて良かったねと、嬉しい時間を持つこともできました。主人との結婚生活も10年の月日が流れて行こうとしていました。

土日などには、伴走の人が来てくださり、普段は決まったところしか走れない私たちを、緑の爽やかな香りや風を感じる場所や、流れる汗に幸せを与えていただける場所を一緒に走っていただき、その後にいただく美味しい食事は天下一品、舌鼓を打ちました。

年の瀬も深くなり、友人と走った後で忘年会を開きました。美味しいお酒やビール、魚のひものなど珍しいものをいただきながら、来年はもっと元気で新しい年を迎えようと、幸せな夜に乾杯しました。

冬になり朝2人で走ると、寒いけれども鼻の奥が痺れるような緑の深い匂いなどを感じさせてくれます。河内長野の環境に乾杯です。

河内長野に住むようになって、2人とも元気になり主人があの怖い発作が出ないことがなによりでした。

主人の難病を乗り越え、私の金鍼の技術高まる

2人で河内長野に暮らせることに感謝し、大晦日、私は自分の部屋に行って横になり眠りにつきました。

1999年（平成11年）元旦の午前1時過ぎ、急に「ガアガア！　ハアハア！」と、家が揺れるほどのうめき声が聞こえてきました。びっくりして主人の所に駆けつけてみると、主人が雷のような音を立てて寝ていたのです。

昨晩は、ランをしてから友達とお酒を飲んでいたことが原因なのか……、「一刻も早く脳に酸素と血を送らなければ命が危ない！」と思った私は、身体全体が痙攣している主人の両方の足を上に持ちあげました。すると、数秒で一応発作は治まったのです。

でも、このままではどうなるかわかりません。早く治療をしてやりたいと思っても主人は身動きができません。

意識朦朧の主人をなんとか起こして、抱えながら立たせて、「ほら歩いて！　階段よ！」と、なんとか1階の治療のベッドまでこぎつけて、すぐに治療に入りました。

主人の意識は、まだ戻らない状態です。

私は自分の膝の故障で金鍼の研究をしていたので、「鍼先は芸術なり！」という名人の名言のように、鍼の先を操り原因を探したのです。1晩かかりました。

長年起こらなかったのに何故？

お正月の最初から、それも元旦に起きるなんて何故？

「どうして私には悪いことばかり起こるの？　神も仏もないよね」と、悲愴な思いも浮かんできました。

大変なことがあると、兄はすぐに飛んできてくれます。

「もう悪いことが3回終えたので、これできっと宿命が転換するよ！」

「本当なの？」

あまりにもの辛さにその時は信じられませんでした。

1週間治療をしたことで、主人は意識もしっかりとしてきて、「ぼく何かあったの？」と、なんともなかったように話すので、「もう、私の気持ちもわからないで……」と、腹が立つぐらいでした。

原因は、友達とお酒を飲んだとき、肉の燻製や魚の干物などを沢山食べたので、お腹の中で膨張して呼吸が浅くなり、血の流れも少なくなり、酸素が少なくなって脳の働きが低下したために起こったものでした。

それからは、夜は寝る前にぜったいにお腹いっぱい食べないこと、夜は寝る4時間前には水分を摂らないようにと、主人に強く説得し納得させました。

主人も約束を守り、発作は出なくなりました。いつの間にか、朝5時頃には延命寺や山の中にある泰昌園まで足を延ばしたり、空気の良い人の来ない静かなところでランを楽しむようになっていました。

ランが終わって、主人を立たせたままマッサージをしてあげると喜んでくれます。私が勧める食事は、どんなものでも感謝をして食べてくれます。主人と私は、一層愛情も深くなり、主人が喜んでくれることが何よりの幸せでした。

河内長野の生活、主人に日々感謝

主人が難病をもっていたことが、私の鍼治療の技術を伸ばしてくれるきっかけになっています。そのお蔭で患者さんの病気の原因も判るようになり、治療に役立ち、患者さんに喜んでもらうことにつながっているのです。

主人に対する感謝の気持ちを忘れないように、もうあのような怖い発作が起こらないためにも——1か月できないときもありますが——主人の治療は欠かしたことがありません。

また、2人で尼崎の伴走協会を訪ねて、月2回ぐらいは伴走の人たちも加わって走ることを楽しんでいました。帰りに2人で食事をするのが、また楽しみなのです。

毎日、仕事と主婦の役割、特に自然食を中心に主人の体調管理に努めました。お陰様で主人の難病は、もう2度と怖い発作も起こらなくなりました。

元気になった2人は、1999年11月、福知山マラソンに出場。このときはまだ盲人の部門がなかったので、健常者の中に入って参加したのです。

レース後、役員から呼び出され、何だろうと思って行ったら、「あなた、女子マラソンは伴走者と走ることを認められていませんので、この記録は公認記録として残りません」と言われたのです。

私は公認でレースに出たのに、記録は公認されないというのです。タイムは良くなかったですが、またもや悲しい思いになってしまいました。

納得できなかった私は、河内長野のM議員と、長居陸上競技会に、盲人ランナーの成績が公認記録にならないのはおかしいと抗議に行きました。

健常者の競技マラソンでは、伴走者で走ることは何も考えてもいなかったのが当時の状況でした。でも私の悲しい経験で、次のマラソンから盲人の部門が設けられ、伴走者と走れるようになったのです。

きっとM議員が話してくださったことが、話を前に進めることになったのだと思っています。

河内長野のマラソンでも、伴走者の参加料は無料にしてくださっています。走ったあと温かい食べ物を作って、皆さんに食べてもらえるようにもしてくださいました。ですから、河内長野のマラソンも人気が出ているのです。

今でも主人は、元気で走っています。私の大切な財産です！

河内長野に2人で生活するようになって、私たちの生活の手助けをしていただけるホームヘルパーさん、ガイドヘルパーさんの制度が発達して、2人だけで生活していたときの大変さが緩和され、本当に有り難く感謝しています。

子供のような主人は私の大切な人となった

2000年（平成12年）1月6日、新しい朝、雪がいっぱい美加の台にも降り積もり、一面が銀世界となって輝いていました。そのなかを、主人とガイドヘルパーらと4人と一緒に外出したのです。

歩くとクキクキと雪の音がするので、都会で住んでいた私にはこの状況が珍しく、新年の空気の匂いを嗅ぎながら主人とも出かけられることに喜びを感じて、子供のようにはしゃぎました。

散歩を楽しんで、お昼にファミリーレストランで、4人で楽しく食事を楽しむことができ、雪の寒さもまた素晴らしい1年になる象徴でもありました。

夜になって、2人で乾杯して眠りにつきました。

ふと目が覚めると、主人がトイレに座り込んで、またもやうめき声をあげていたのです。

「どうしたの？」

「お腹が痛い。長く座っていても便も何もでない」

トイレから出て部屋に戻っても、お腹を抱えて座り込んだままです。段々と痛みが激しくなったようでした。

発作が起こったときと同じように、寝ることも、立つこともできず、ただ「痛い！痛い！」と転がっていました。

主人をなだめながら、鍼を持って無理な姿勢のまま、早く痛みを止めてやりたいと、必死で治療を続けました。治療だけでも6時間はかかりました。

このときも、朝、兄に電話をして来てもらいました。

午後1時頃になると、置き鍼の効果が出てきたのか、やっと少し寝息が聞こえてくるようになりました。痛みが少しましになったようで、胸をなでおろしました。

夕方、兄も帰り、1人では不安もありましたが、眠り続けていた主人の手当てをしました。夜になり、置き鍼で緊張していた筋肉が緩和されたようで、寝息もスヤスヤになり、午前0時を過ぎても主人は眠っていました。

私もやっと身体を横にすると、主人がトントンと階段を降りてきて、「治った！」、鍼を抜いて欲しいと、お腹を突き出してきたのです。

「よかったなあ！」と言ってお腹を見たら、鍼が柔らかく、お腹の皮膚からブラっと抜けようとしています。もう私は嬉しくて、涙がこみ上げ「よくがまんしたね」と、子供のようにお腹をさすってあげたのです。

その後、主人は何食わない様子でお風呂に入って、「お腹が空いた」と言うのです。私があんなに心配して治療したのに……、まるで子供のようでした。

今回の原因は、主人の歯が悪くなっていたのに歯医者さんに行くことが遅くなり、その菌がお腹に入ったことでした。

どんどんと番茶を飲ませて、梅おかゆなどを食べさせて身体を温めることで、炎症も治まったのだと思います。

本当に主人には、いつもびっくりさせられます。でも、その度、私は勉強させてもらっています。それがプラスになり、患者さんの治療に役立っているのです。やはり主人は私にとって必要な人であり、有り難い人なのです。

私の方は、痛めた膝が本当に治ったかどうかを確かめるために、トレーニングを開始し、兵庫県まで伴走者を求めて、毎週、三木まで行っていました。伴走者と走る練習時間は1時間半なのに、そこに行くのに往復3時間かかります。それでも走る練習が出来ると思うと、三木までの道のりが短く感じられました。ウエイトトレーニングも取り入れ、日増しに負荷を重くして確実にタイムを出せるように取り組みました。同時に自分の治療にも専念して、仕事、家の事、庭の畑で無農薬の作物づくりなど、とっても忙しい毎日を送っていました。

そうした努力の結果、遂にその年、フルマラソン3つ、ハーフマラソン1つを4週続けて完走することができたのです。

その年は2000メートルの戸隠高原にも、主人と山のガイドさんたちと登ることができ、完全に私の膝が治ったことを確認できました。

食事をすべて無農薬の自然食にしたことも、プラスになったのかもしれません。

それからは膝が痛くなることはなく——貧血の薬は飲んでいましたが——、マラソンでもう一度、記録に挑戦しようと２０００年に新たな目標を掲げました。

第9章　挑戦することを諦めない私の人生！

パラリンピックの種目に盲人女子マラソンを

2000年トレーニングを重ね、「さあ！　アテネに向けてスタートだ」、という新しい目標を掲げて、心を弾ませて2001年の新年をスタートしました。

通常のマラソンのトレーニングに加え、河内長野の体育館でランニングマシンを使ってのトレーニングも始めました。

また、河内長野に来るまで暮らしていた自分の家を売り、そのお金で購入したマシンを使ってのトレーニング、スポーツジムでのウエイトトレーニングなど、仕事、主婦と忙しいなか、毎日時間をつくりだしてトレーニングに励みました。

なんでアテネかと言うと、パラリンピックに盲人女子マラソンが競技種目として入っていなかったからです。

それで2004年8月アテネで開催されるパラリンピックに、盲人女子マラソンを競技に加えてもらおうと、活動を始めたのです。

2016年、リオでオリンピック、パラリンピックがありましたが、このときのパラリンピックで初めて盲人女子マラソンが競技に加えられたのです。
いわば私は、その先駆者としての活動を始めたわけです。

その最初の活動が、2001年3月4日に行われた篠山マラソンでした。私の知人が、私のマラソンの成績を知って、企画を立ててくれたのです。

健常者の競技マラソンで伴走者と走ることが認められていないことに加えて、パラリンピックに盲人女子マラソンが競技種目にはないのです。

盲人男子マラソンはソウルから行われています。

盲人の女子で、始めてフルマラソンの42・195キロで3時間17分50秒という記録を出せたことで、パラリンピックでも盲人女子マラソンを競技に加えるべきではないかという企画を立て具体的に動いていただいたのです。

それで篠山マラソンにゲストとして有森裕子さんに来ていただくことになり、盲人女子マラソンを広くアピールするためにとテレビの取材も決まったのです。

早速2月には、私の家にテレビカメラが入りました。

私たち目の見えない夫婦が、どのような生活をしているのか、料理や畑作りはどうやっているのか、目の見えない者同士がどのようにトレーニングをして、コースをどのように走っているのか、ランニングマシンのトレーニングメニューはどんなになっているのかなど、私たちの1日の生活の様子と走る様子を取材していただきました。

マラソンで獲得した金メダルも見ていただくことができました。

有森裕子さんと篠山マラソンでアピール

3月4日、いよいよ当日を迎えました。私と主人はもちろん、有森さんとは初めての対面です。ドキドキしながらお会いできました。私はアップを済ませ、7000人のランナーと共にスタートしました。

兄をはじめ、多くの友達も応援に来てくれていました。

沿道にはたくさんの応援者、横にはテレビカメラが一緒に走っているのです。この日は悪天候だったのですが、伴走の人と息を合わせて、行く手を阻む冷たい向かい風を受けながら、有森さんが待っておられる30キロ地点に向かいました。

憧れのあのバルセロナでは銀メダル、アトランタでは銅メダルを獲得された素晴らしいランナーと走れるなんて、考えもつきませんでした。

遂に30キロ地点に達し、一緒に走っていただいた伴走者と有森さんがバトンタッチをし、伴走者として私のロープを持たれました。そのときの感触は、

「なんと走りやすいのでしょうか！　まるで一人で走っているようだ」

「1、2、1、2、右に曲がります。左に曲がります。」

伝え方も上手で、さすがオリンピック選手だなあと感心するばかりでした。

心は喜びでいっぱいだったのですが、凄い凄い突風の風が私の行く手を塞ぐのです。一生懸命の有森さんの伴走に励まされて、35キロに差し掛かったところで、「ゴールで待っていますから」と、有森さんは次の伴走の人にバトンタッチされたのです。

私の辛そうな走りを心配されて伴走を離れた有森さんのためにも、早くゴールしたいと思って走り続けました。

しかし、前半にもお腹が痛くなっていたのですが、それが我慢できずにマラソンで初めて途中でトイレに駆け込みました。タイムは、予定の設定をはるかに超えて遅くなっています。

さらに、40キロ近くでまたお腹が痛くなって、民家の人たちの計らいでトイレに靴を

履いたままで行かせていただきました。

もう完走も危ないスピードダウン、寒さと腹痛で気持ちも折れそうになりました。

伴走の人からは、「とにかくゴールの有森さんまで」と励まされ、私の応援者からは、「ご主人は、もうゴールしていますよ」と声援され、それを走るエネルギーにして最後の力を出して走りました。

40キロを過ぎて、「あともう少し、あともう少し」との沿道の人たちや、テレビカメラの人たちにも応援していただき、ついに残り1キロを切ったのです。

そのときに、有森さんの「ファイト！ ラスト！ あともう少し！ ファイト！」という大きな声援が聞こえたのです。

おそらく、この声がなかったら私はゴールできなかったでしょう。体調不良と悪天候、本気で最後の力を出してゴールできました。

「ゴール！」という声を聞くと同時に、私は有森さんの胸に飛び込んで泣いていました。有森さんは、「よく頑張ってきたよ。タイムが悪いのは、また次に繋げばいいのよ。私はまた来年きっとくるから。良かったよ！ 励みになりました」と、おっしゃってくださいました。

私の成績は悪かったですが、終わってからお手紙やファックスを2000通もいただきました。テレビでも取り上げられ、私も少しはアテネパラリンピックで女子マラソンを創設する運動に協力できたのかと思っています。

今回の篠山マラソンで、マスコミでも具体的な動きがありました。

「有森裕子さんの胸にとび込んで泣きました」

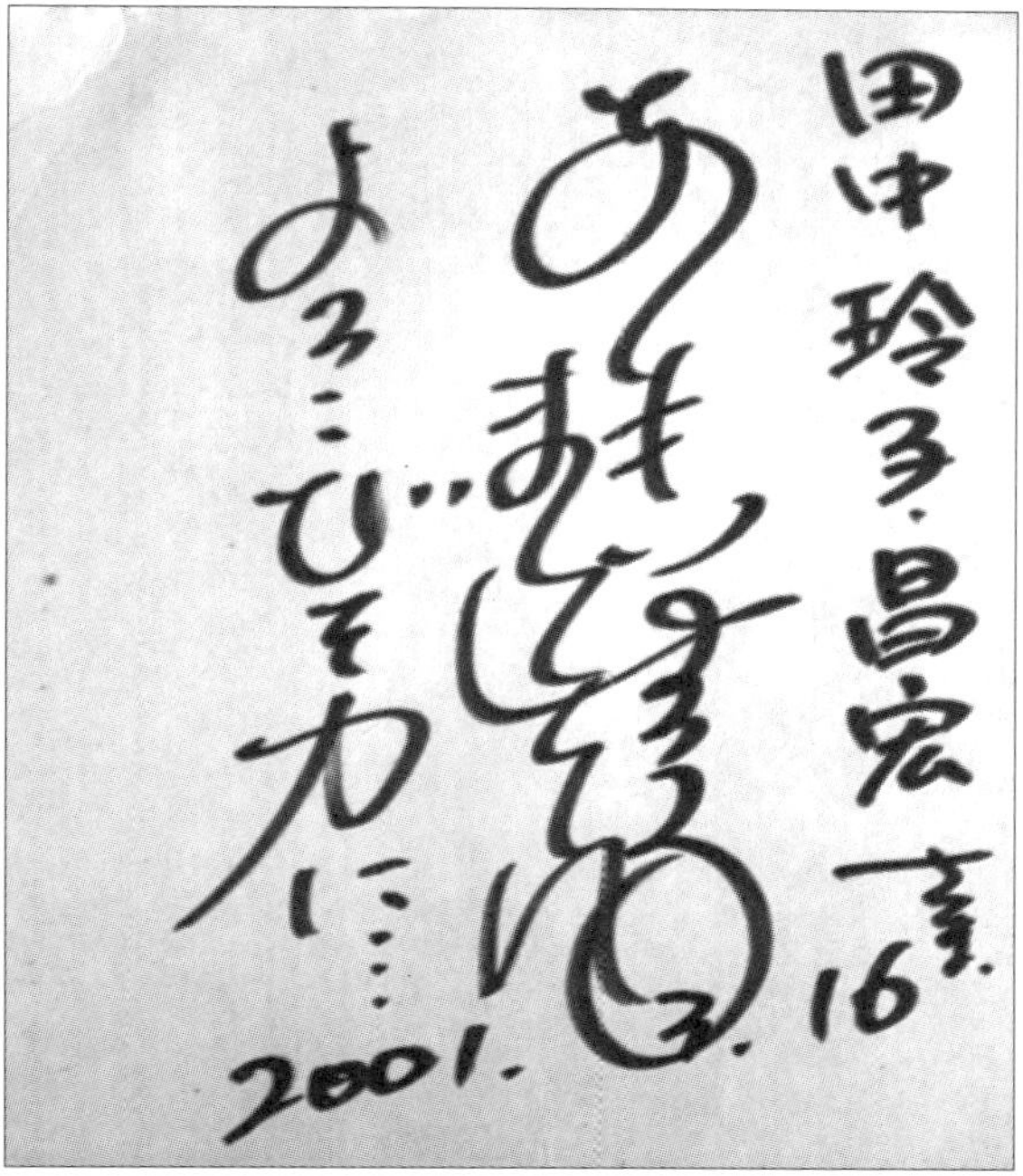

有森裕子さんから頂いた励ましのサイン

有森さんが来年も出てもらえるということで、ニュースステーションで特集を組む企画が出てきたのです。

10月29日、京都三条から小田原へ

「アテネパラリンピックに、盲人女子マラソンの創設を」との呼びかけに、あちこちから5000人の署名が集まりました。私もこの実現に強い思いを持っていましたので、署名を最大限に生かしたいと考えました。

「そうだ、11月11日には全日本盲人マラソン小田原大会が行われる」ということを思い出したのです。

日本盲人マラソンの会長さんに署名を直接お渡しすれば、盲人女子マラソンをアテネに加えていただきたい気持ちをじかに伝えられるし、署名してくださった方々の思いの強さを感じていただけるのではないかと思ったのです。

同じ持参するにしても、新幹線に乗って届けるのは、ランナーとして面白くない。「大阪から小田原まで走って持っていこう」と、とんでもない発想が出てきたのです。

「思いついたら、すぐに実行」というのが私の生き方です。私と主人と、マラソン大好きな73歳の人を伴走に、３人で走る計画を立てたのです。

当時、私はヨガをしていて健常者１４４人の皆さんとカーニバルに出るために、その練習に追われたり、講演会でも忙しくしておりました。

そのうえで、小田原に着いてから、どう私たちの思いを伝えるか、そのイベントの準備もしなければなりません。

さらに小田原行きの１か月前に脳にヘルペスができて、走るなどとんでもないことになっていたのです。

「この３人で京都三条から小田原まで走りました」

この企画、本当に止めようかと思いました。

それでも体調が良くなってきたので、思い切って10月29日、京都三条から、私と主人、73歳の早老人とあだ名がついておられる伴走の人と3人でスタートしたのです。

その様子は、テレビカメラにも撮っていただきました。

3人一列になって走ったのですが、うまく走られない事態に度々遭遇します。

荷物を入れたショッピングカートを主人が引っ張って走っていたのですが、道路が狭くてカートが引っかかって走れなくなったり、歩道が幅50センチしかないところなどは、ぶつかってうまく走れません。

国道1号線などは、歩道がなく、3キロ、8キロと

「こういう山道のありました」

車道を走らなければなりません。ダンプやトラックが私たちのすぐ横を走り抜けて行く。なんとも危険を伴う場面が何回もあったのです。

また、私たち夫婦の荷物を入れたカートが走るのに邪魔になりイライラしたのですが、大事な伴走の人の荷物も入っているので捨てることができませんでした。

――結局カートは途中で捨てました――

トラブルは他にもあります。主人は走っている最中、電柱にぶつかったり、国道のガードレールに鼻をぶつけたりで、思わず「帰る!」と、子供のように泣いたりするのです。

「だから家におり!　大変になることがわ

「もうすぐ小田原です」

かっているのだから」と、思わず叱ってしまいました。

私は足にマメができて、バンドエイドを貼って手当てする程度でしたが、主人を連れて来たことでトラブルが絶えませんでした。

想像以上に多くのトラブルに遭ったことで、私自身もなんでこういう企画をしたのかと後悔しました。

でも、日本の車道路を初めて走り、その実態を知ることもできました。

それでも滋賀、愛知、静岡、箱根の山を越えて、２週間かかって——途中、テレビのスタッフの人たちに励まされて——ついに小田原に到着したのです。

その時の実況を、私の日記より紹介します。

日本盲人マラソン協会会長に署名を手渡す

11月11日

いよいよ最終日を迎えました。今日は全日本盲人マラソン小田原大会の日でした（健常者も一緒です）。そこには有名なゲストランナー鈴木ひろみさん（世界陸上女子マラソンゴールドメダリスト）も来られていました。

私はハーフマラソンに出場しますが、その前に署名を渡してしまいたいと思って競技場に行きました。

丁度そこへプロダクションの人が「署名を走る前に渡してしまいましょうか？」と言って下さり、大阪ＡＢＣテレビと東京のテレビ朝日のタイアップによりＪＢＭＡ（日本盲人マラソン協会）の杉本会長さんに署名を渡す場面の撮影が始まりました。

五千人分の署名を持つ私の手はぶるぶると震え、それが止まらないまま会長さんの前に進みでました。

「現在、パラリンピックには女子盲人マラソンがありません。パラリンピックに女子盲人マラソンを加えて頂きたいと、篠山マラソンで有森裕子さんと一緒に走りPRをしました。そこで皆さんから五千名の署名を頂いて参りました。署名して下さった皆様の気持ちに感謝するためにも命がけで大阪から小田原まで走って持ってきました。会長さん宜しくお願い致します」

と言って手渡しました。

会長さんは「確かに受け取りました。努力します」と言って下さいました。

私は、ひと月前には頭にヘルペスができ、身体がパニック状態になっていました。その中で走ってきたので、会長さんの言葉を聞いた途端、大きく肩にかかっていた重荷が取れ、遣り遂げることができてホッとしました。


そこには京都三条のスタート時をはじめ途中から何度も励ましの電話をくれたOさんが大阪から駆けつけてくれていました。また私が第2回世界盲人マラソンかすみがうらで優勝した時のサブ伴走者も来ており5年ぶりに再会しました。

日記「もうろくと盲人」より

その後で私は、ハーフレースに参加しました。背中から重い署名がなくなり、なんと軽いことかと、スイスイ走ることができました。

それで優勝できると意気込んで走っていたのですが、後半、大阪から小田原まで走ってきた疲れが出てきたのか、足を痛めて、優勝できませんでした。

皆が、「よく走ってきたよ」と疲れを癒す言葉をかけてくださいました。

また、トラブルだらけの主人が元気でいたのがなによりでした。

途中危ない目には遭いましたけれども、完走して署名を渡すことができ、この企画は成功ではなかったのかと思っています。

全ての用件を済ませ、3人で大阪に戻りました。

私は足を痛めてつらくもありましたが、73歳のNさんはとっても元気でした。Nさんのお陰で、大変な環境の中、成功させていただけたことに、感謝の気持ちでいっぱいです！

本書で、感謝の気持をお伝えさせていただきます。

「Nさん、ありがとうございます。本当に感謝しております」

貧血でドクターストップ ２００２年篠山マラソン欠場

２００２年３月３日、前年に引き続き、女子フルマラソンをパラリンピックの公式種目にするため、有森さんと競技マラソンで走る篠山マラソンをとても楽しみにしていました。

４月からニュースステーションでの放送が決定しており、その取材も予定されていたのです。

ところが篠山マラソンの３日前の２月28日、私は急に体調が悪くなって病院に行って診ていただきました。

そのときの状況を日記に書いていますので、幾つか紹介します。

2月28日（木）

先生が恐い声で「3月3日の篠山、走れるもんじゃないわ」と言いました。

私は冗談かと思っていると、「血圧100以下、ヘモグロビン8・01（普通の人は12くらい）、赤血球275万（普通の人は400～450万）」とおっしゃいました。

私は、「走るつもりです。走り終わってから先生のところにきます」と言ったら、「元気でここに来ることはできないだろう」と言いました。

先生はカルテに、「マラソン禁止」と書かれました。

病院を出て、先生に言われた「最後は本人の判断で決めることだが、他の人に迷惑をかけてもいいんですか」が、頭から離れなかった。

兄に相談すると、「もうやめとくか。いろんなプロダクションの人にも迷惑をかけるから」と言われて、泣く泣く自分も走ることを止めると決断し、プロダクションの人に電話をしました。

「篠山はドクターストップがかかってやめる事にしました」

プロダクションの人はすぐにお医者さんに電話をし、確認し、夜に私のところに電話をかけてきて、「企画は解散しました。テレビ放送はありませんが、早く治って元気になって下さい」と言ってくれました。

私はさみしい、残念な気持ちがあり、その夜は眠れない一夜を過ごしました。

3月9日（土）

天気は晴、7時起床。入浴をすませてヨガは休み。体重42・8kg、10日位走っていないのに体重がふえない。カゼも、もう少し残っている。

有森さんの講演を聞きに行くのを楽しみにしながら難波医院に血液検査を聞くためにきています……

赤血球275から302に。ヘモグロビン8・01から9・2に。血圧上126、下76。

難波先生に全面的に治療をお願いし、練習を続けられるようにお願いしました。「あんたは、すぐにムチャするからナー。お願いするときは素直になるナー」と言われました。

そして有森裕子さんの「ハート・オブ・ゴールド・カップ2002千里国際チャリティーランプレイベント　スポーツとボランティアフォーラム」が開かれる吹田

市民センター大ホールにでかけた。
そこで有森裕子さんからサインをいただきました。

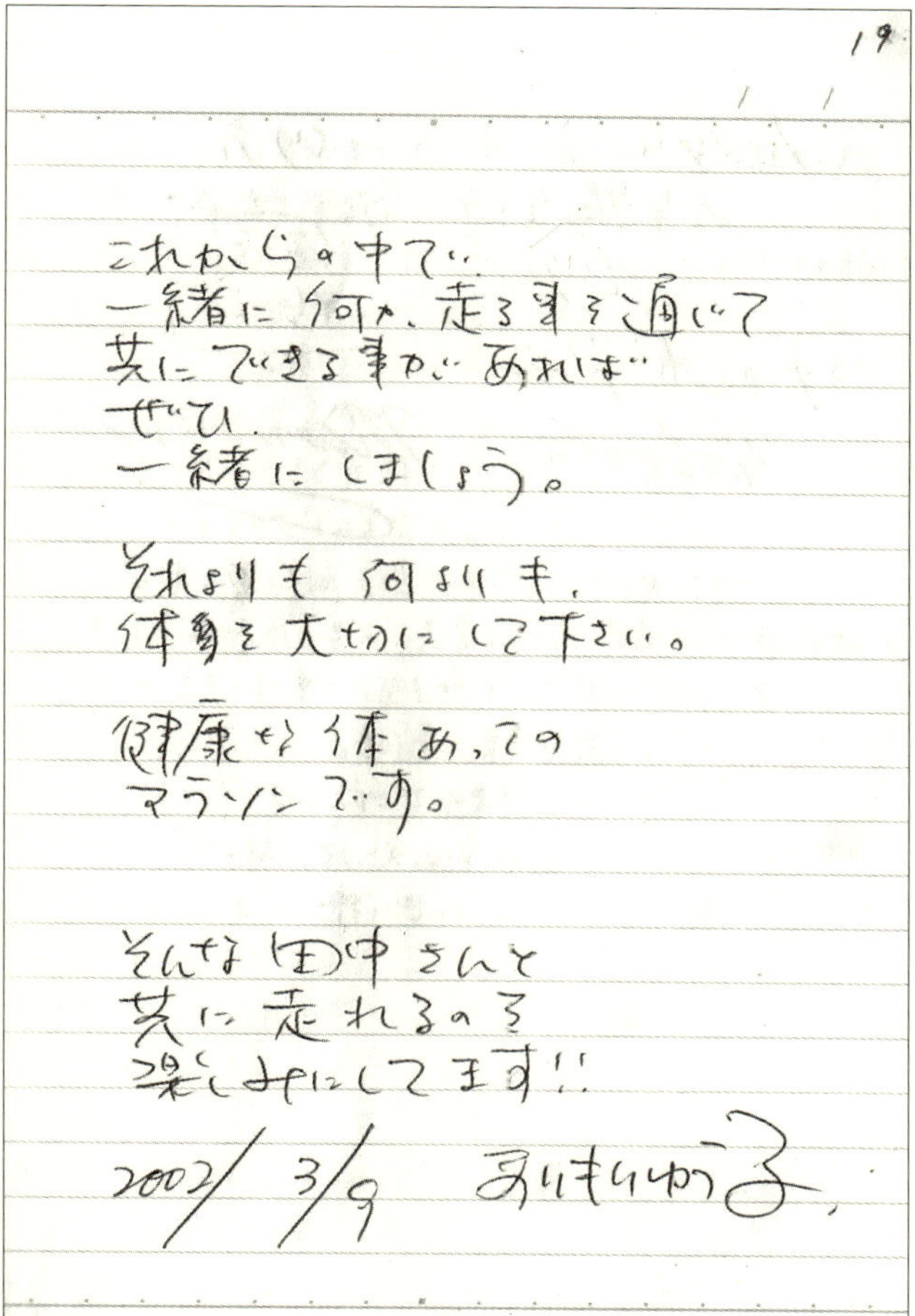
19

これからの中で
一緒に何か、走る事を通じて
共にできる事があれば
ぜひ
一緒にしましょう。

それよりも何よりも、
体身を大切にして下さい。

健康な体あっての
マラソンです。

そんな田中さんと
共に走れるのを
楽しみにしてます!!
2002/3/9　ありもりゆう子

「有森裕子さんから私の日記に
書いていただいたサイン」

4月20日（土）

血液検査の結果を聞くと、基準値内になっていました。

赤血球383、ヘモグロビン11・5．

先生が「油断したらいけないし、ほどほどにして食事の方も努力して、ここまで治ってきたんだから、タイムばかり追いかけずにスポーツ選手の原点に戻らないといけない」と言われました。

体を大切にして、やって行かなきゃいけないなーと思いました。

2002年3月3日の篠山マラソンでは走ることはできませんでしたが、少しずつ身体が回復してトレーニングにも取り組み始めている様子が、日記をみると甦ってきます。有森さんと走って、パラリンピック種目に盲人女子マラソンを実現したかったのにそれが最後までできませんでした。本当に悔しく残念でなりません。

今になっても悔やみきれません！

トライアスロン→水泳→音楽へと進む

ドクターストップになった私ですが、どうもアスリートの魂が黙っていないようです。貧血の治療をしながら少しずつ体調を整えていき、トレーニングも開始しました。

そんなとき、主人とトライアスロンの伴走の人と出会って、挑戦してみたい気持ちになりました。そして2003年、猪苗代湖で行われたトライアスロンに出たのです。

水泳は短い1500メートル、自転車は40キロ、ラン10キロに初挑戦です。

どうも私には何かやろうとすると、必ずと言っていいほど障害が出てきます。主人の病気もそうですが――それによって私が磨かれていると思うのですが――このときもまた、嵐に遭ってしまったのです。

波が高く海水を飲んで、水泳は完泳できませんでした。嵐がすごかったということで、残りの自転車とランを許可してもらい、なんとか完走できたのです。

それに自信を得て、これからさらに身体を強くして、2004年のアテネオリンピックに出て走る計画を立てました。

ところが、これも伴走の人が、３月に行われる篠山マラソンの1か月前に怪我をされて走れなくなり、アテネオリンピックに出ることは諦めざるを得ませんでした。

それから私は、水泳でもう一度、障がい者の国体やマスターズに出たいと思って、スピードを競えるように、地元のスイミングスクールでトレーニングを始めました。

陸上競技で泳ぐ筋肉が失われていたのを、取り戻すためです。

しかし若い時とは違い、６年間挑んでいたのですが、なかなか思うようなスピードがでません。歳をとったせいか、激しいトレーニングに耐えられなくなったのか、最後は不整脈が出てしまい、遂にスポーツができなくなってしまったのです。

主人は、２００５年2月に坐骨神経痛で悩まされるようになっていました。私は毎日のように主人の治療をしていたのですが、ある日、金鍼が入ってしまい、あらゆる筋肉が弛んでしまったのです。

ところがそれが幸いして、主人はトライアスロンで着たウエットスーツで痛めた背中の肋間神経痛で苦しんでいた原因がわかったのです。金鍼の威力を、また主人によって再認識することができました。

主人の健康管理で私は、食事大作戦の他、鍼治療を週1回欠かさず時間のある限り努めています。

その後、私は音楽に出合って、ウクレレを2年、ハーモニカを2年習っていました。そして2012年8月25日、関西西日本ハーモニカコンテストのテープ予選に出たのですが、あと一歩及ばず決勝ライブに出ることはできませんでした。

まだまだ始めたばかり、その2年後のコンテストに出て優勝する目標を掲げて練習を再開、ところがその途中でギターの魅力に惹かれ、ギターを習い始めたのです。

そしてまた、その4年後に、クロマチックハーモニカを始め、4年毎にドイツでハーモニカの世界大会があることを知ったのです。

前にも書きましたが、ドイツにこだわりがあった私は、どうしてもドイツに行きたくなって、自分で「ドイツに行く」と決めたのです。

それが第1章で紹介した、2017年11月に開催された、ワールド・ハーモニカ・フェスティバル2017です。

ドイツに行くまで、本当にいろいろな問題があり、それを乗り越えて出場できたのです。

そこで得たのが「心の金メダル」でした。

ドイツに行って、心のつかえがなくなり、生き方が変わってきました。

私は治療家として仕事ができることに喜びを感じています。患者さんの笑顔と感謝の言葉に生かされているのです。だからこそ、なお心を込めて治療にあたることができるのです。

そして音楽では、競争ではなく音に磨きをかけます。そう思えるように心が変わったのです。

仕事と音楽を両立させて、世界中の人にハーモニカの音色を届けたい。

そしてアメリカのカーネギーホールでコンサートを開きたい。

「心の金メダル」を持って……。

これが今の私の夢、目標です。

有森裕子さんとの再会

有森裕子さんの活動の1つに、ご自身が代表理事を務める特定非営利活動法人ハート・オブ・ゴールド（ＨＧ）があります。スポーツを通じて、国境・人種・ハンディキャップを超えた「希望と勇気」の共有を実現する理念のもと、日本に留まらずカンボジアでもその活動が広がっています。

２０１８年３月18日（日）、ＨＧの支援レースである第８回淀川国際ハーフマラソンが開催されるに合わせて、ＨＧ西日本会員交流会が開催されました。

ＨＧの会員でもある私は、本書を出版するにあたり有森さんと一緒に写った写真を掲載させていただくお礼もあり参加させていただきました。

２００１年３月４日、篠山マラソンで有森さんに伴走をしていただいた後、体を壊し走れなくなってしまいました。その後、音楽の世界に入ったわけですが、そんな私を有森さんは温かく迎えて下さいました。

そして、「昨年の11月、ドイツで行われたハーモニカの世界大会で演奏してベリー・

グッド賞をいただきました」とお話ししたところ、「自己紹介の時間がありますから、そのときに、演奏してみてください」と言ってくださったのです。

長くなってはいけないと思い、チゴイネルワイゼンの1部を演奏させていただきましたが、私にとって本当に嬉しく夢のような時間でした。

ハート・オブ・ゴールド（ＨＧ）の活動を始められて今年（２０１８年）で20周年とお聞きしました。ハート・オブ・ゴールドは日本語では心の金メダルです。この記念すべき年に私の本が出版できることに不思議なご縁を感じます。

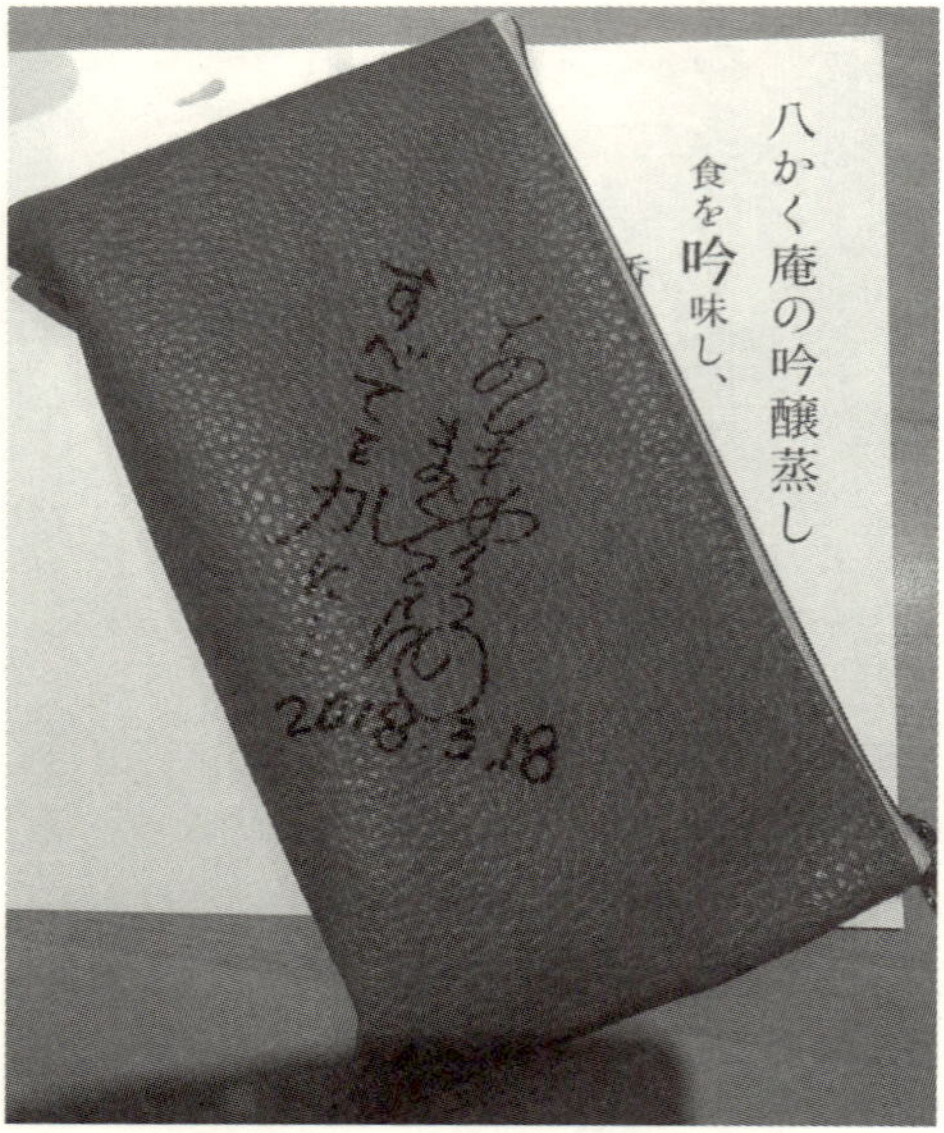

有森さんからドイツで演奏したハーモニカを入れた袋にサインをしていただきました。

私は、有森さんの名言「できる人が、できることを、できるだけ続けよう」が好きで

有森さんと笑顔で記念撮影

す。有森さんの活動に、私のできることでお手伝いできればと思って帰宅しました。

するると主人が、今日走った「第2回京都ふれeyeブラインドマラソン」(主催：一般財団法人 角谷建耀知財団)で2位になったというのです。

貴重な有森裕子さんとの再会と、主人の嬉しい知らせが重なった2018年3月18日(日)は、忘れることができない1日となりました。

こうしたご縁を今後とも大切にしていきたいと思っています。

あとがき

本書を書き終えて、自分でも本当によく頑張ってきたと思います。

それに、私自身のこれからの人生を考える良い機会にもなりました。

水泳でもマラソンでも、頑張ってタイムを縮めてきました。やるからには徹底的にやるというのが私の信条だからです。

目が見えないから、できないというのが私は嫌なのです。できないなら、できるまでやるだけです。家の庭の草取りも自分でやります。

そうやって競技では前進させてきました。

一方で、心は閉じたままでした。そのことに全く気付いていなかった私でしたが、ドイツに行ったことが功を奏し、閉じた心が開き、止まったままの心が大きく前進したのです。

「草はきれいに取ります」

ハーモニカでも、水泳やマラソンと同じように、気張って「やるなら優勝を目指す」と言ってきましたが、今はそれがなくなりました。音に磨きをかけ、いい音色を届ける。そう思えるようになれたのです。

また、兄にはもうこれ以上頼ってはいけないと何度も思いながら、頼りっぱなしのままでした。私の心が前進し、その甘えを無くし自立する覚悟ができました。

本文でも書きましたが、大変だった主人の施術や私自身への施術が、実は鍼・マッサージの技術をより高めてくれており、そのお陰で仕事ができるようになったのです。有り難いことに、患者さんが私の治療を待っていてくださるのです。

こうして私は親への恨みがふっとんで感謝に変わり、人生の再出発ができました。本当に多くの皆さんのお陰です。中でもやはり兄には何度お礼を言っても言い足りません。

「お兄ちゃん、ありがとう」

この言葉で本書を締めさせていただきます。

ありがとうございます。

田中玲子

水谷もとやさんが私に「奇跡のハーモニー」という詩をプレゼントしてくれました。
いつか作曲をして、演奏したいと思っています。

奇跡のハーモニー

作詩　水谷もとや

蓬《よもぎ》の匂い　春色満開
微風は　心地良く
かすかに伝わる季節の足音
見えない盲目の世界
遠くにかすか光が
奇跡を呼ぶハーモニー
心の眼《まなこ》がゆっくりと開く

痛んだ心の傷を癒す
クロマチックのメロディー

微かな光を求め
季節の移ろいを感じつつ
音色は　弱く　強く　強く
強弱をつけながら　優しく響く
心に響く　クロマチックのリズム
目が見えなくても　幸せ
心の眼《まなこ》に景色写す
風の音　季節の匂いと共に
心に希望の灯をつける

人の輪が　広がり
皆で口ずさむ　心の歌

苦しいことや　いやなことも
過ぎれば　想いで
楽しいことは　永久《とこしえ》に
心に寄り添う　クロマチック音色
ここは　まほろば
集い　憩い　歓喜の時
弾《はず》む心に　光は輝かん

２０１６年２月１日

田中 玲子（たなか　れいこ）

３歳の時に失明

27 歳　水泳を始める。

30 歳、障害者奈良国体で 25 m自由形 金メダル。

1989 年　神戸フェスピック大会（現障害者アジア大会）
100 m自由形 銀メダル。

1991 年　第１回ジャパンパラリンピック大会
100 m自由形・100 m背泳 金メダル。

1992 年　第１回世界盲人マラソン大会（宮崎）初優勝
フルマラソン タイム３時間 32 分 12 秒。

1996 年　第２回世界盲人マラソン大会（霞ヶ浦）優勝
フルマラソン タイム３時間 17 分 50 秒。

2001 年　篠山マラソン 有森裕子さんと走り、完走。テレビ放映あり。

2001 年　京都三条から小田原まで 410 km を完走。
パラリンピックに盲人女子マラソンを正式種目にするために集めた 5,000 名の署名を持って日本盲人協会会長に渡す。

2002 年　有森裕子さんとパラリンピックに盲人女子マラソンを公式種目にするために動き出し、４月からのニュースステーションで放送が決定するも貧血の為にドクターストップ、中止。

2009 年　ピアノ・ウクレレ・複音ハーモニカ・クラシックギター等の演奏活動を開始。

2015 年　クロマチックハーモニカに転向。

2017 年　ラジオ大阪「話の目薬ミュージックソン！」に出演。クロマチックハーモニカを演奏。

2017 年　奈良県立美術館ミュージアムにおけるコンサートで、ジャズ風クラシッククロマチックハーモニカ演奏者として３年間の出演契約。

2017 年　ドイツのトロッシンゲンで開催された「国際クロマチックコンテスト」で、チゴイネルワイゼンの曲を演奏、ベリーグッド賞を受賞。

2017 年　ラジオ大阪「ほんまもん！　原田年晴です」で 2017 ラジオ・チャリティ・ミュージックソンに出演。クロマチックハーモニカを演奏。

最終目標は カーネギーホールにおいて コンサートを開くこと。

心の金メダル　夢を持てば光が見える

平成30年5月22日　第1刷発行

著　者　　田中　玲子
発売者　　斎藤　信二
発売所　　株式会社　高木書房
〒116－0013
東京都荒川区西日暮里5-14-4-901
電　話　03-5615-2062
FAX　03-5615-2064
メール　syoboutakagi@dolphin.ocn.ne.jp
装　丁　株式会社インタープレイ
印刷・製本　株式会社ワコープラネット
乱丁・落丁は、送料小社負担にてお取替えいたします。
定価はカバーに表示してあります。

©Reiko Tanaka 2018　Printed in Japan ISBN978-4-88471-811-4　C0023